Annette Mingels wurde 1971 in Köln geboren. Sie studierte Germanistik und Soziologie und schloss mit einer germanistischen Dissertation ab. Für ihr literarisches Schreiben erhielt sie verschiedene Auszeichnungen, zuletzt 2017 für den Roman »Was alles war« den Buchpreis der Ravensburger Stiftung. Von 1997 bis 2009 lebte Annette Mingels in der Schweiz, danach in den USA und Hamburg. Seit 2018 lebt sie in San Francisco.

Tontauben in der Presse:

»Das grausame Verhängnis von Liebe und Tod – so intensiv und verstörend ist es kaum je beschrieben worden.« *Michael Braun*

»Mit virtuoser Lakonie beschreibt Annette Mingels Bilder und Momente, die man nicht vergisst.« *Sandra Kegel*

»Wie Annette Mingels von Lebensträumen, den Selbstvorwürfen, der Sinnsuche und ihren kleinen Grausamkeiten erzählt, das ist hohe sprachliche und psychologische Kunst.« *Emotion*

Besuchen Sie uns auf www.penguin-verlag.de und Facebook.

ANNETTE MINGELS

TONTAUBEN

ROMAN

Erstmals erschienen 2010 unter dem Titel *Tontauben* bei DuMont, Köln.

Penguin Random House Verlagsgruppe FSC® N001967

1. Auflage 2020
Copyright © 2020 Penguin Verlag
in der Penguin Random House Verlagsgruppe GmbH,
Neumarkter Straße 28, 81673 München
Covergestaltung: Favoritbüro
Covermotiv: © Trevelyan, Julian & Fedden,
Mary / British / Bridgeman Images
Druck und Bindung: GGP Media GmbH, Pößneck
Printed in Germany
ISBN 978-3-328-10614-2
www.penguin-verlag.de

Dieses Buch ist auch als E-Book erhältlich.

Auch wenn dieses Buch auf einem realen Ereignis beruht, sind Orte, Figuren und Geschehnisse doch fiktional. Den Vorbildern in der Wirklichkeit danke ich für ihre Offenheit.

A. M.

I
DANACH

Es wird kalt. Jeden Tag kommt der Winter ein Stück näher. Gestern hat David die Autoreifen gewechselt. Jetzt, hat er gesagt, können wir in die Berge fahren. Hast du Lust, in die Berge zu fahren? Anne hat den Kopf geschüttelt. Ich glaube, ich möchte lieber hierbleiben, hat sie gesagt.

Es gab eine Zeit, da sind sie jeden Winter in die Berge gefahren. Mit der Fähre aufs Festland. Dann die lange Fahrt. Acht Stunden hin, acht zurück. Die Kinder auf dem Rücksitz. Yola, die sagte, lass uns etwas spielen, und Karen, die irgendwann einwilligte und mit ihrer kleinen Schwester spielte. Ich sehe was, was du nicht siehst. Wer bin ich. Bist du ein Mann? Ja. Bist du berühmt? Ja. Kennt man dich aus dem Fernsehen? Nein. Bist du tot?

Am Sonntag unternehmen sie einen langen Spaziergang. Die Landstraße entlang, vorbei am Campingplatz, auf dem zu dieser Jahreszeit nur noch zwei, drei Wohnwagen stehen, über die Holzbrücke zur Fußgängerzone. Sie setzen sich in ein Café ans Fenster. Schauen die Vorübergehenden an, manche schauen zurück. Als sie auf die Promenade treten, ist der Wind so kalt, dass er an den Wangen schmerzt und die Augen zum Tränen bringt. Noch einen Moment, bittet Anne, als David sagt: Lass uns gehen, ich erfriere.

Noch einen Moment.

Sie tritt an den Rand der Promenade, das Meer ist dunkel und unwillig, ein Vogel kommt auf sie zugeflogen, kurz sieht es aus, als verlöre er die Kontrolle, als könnte der Wind ihn hin und her schütteln und mit ihm machen, was ihm gefällt. Dann setzt er sich neben sie auf die Brüstung. Er ist sehr weiß, nur das Gesicht ist hinter einer schwarzen Maske verborgen. Er schaut sie abwartend an. Ich habe nichts für dich, sagt sie, nicht einen Krümel.

Der Vogel zuckt rasch mit dem Kopf vor und zurück, blickt nur noch aus den Augenwinkeln zu ihr hin. Als er wegfliegt, scheint der Wind ihn zu tragen. Als habe er die Elemente gerufen. Als seien sie zu nichts anderem da, als ihm zu dienen.

Es ist ein Jahr her – nein: ein Jahr und zwei Tage –, dass sie mitten in der Nacht aufwachten, weil Karen an ihrem Bett stand. Hatte sie etwas gesagt, ihre Namen gerufen? Anne weiß es nicht mehr. Woran sie sich erinnert: Davids Tasten nach seiner Brille auf dem Nachttisch, die Angst in Karens Stimme.

Es geht um Yola, sagte sie, sie ist nicht da.

Ihr plötzliches Verschwinden von der Party, kurz vor oder während Karens Karaokeauftritt. Das Fahrrad, das sie sich von einer Freundin geliehen hatte, ein altes Ding. Statt auf mich zu warten, mir wenigstens Bescheid zu geben, sagte Karen. Nein, keine Ahnung, ob die Lichter gingen. Als sie nach ihrem Auftritt aus dem Fenster schaute, hatte sie gesehen, dass es regnet, aber wie lange schon, wie heftig – ich weiß es nicht, sagte sie. Sie fing an zu weinen.

Hör auf, sagte David, hör jetzt bitte auf, die Bitte wie eine Drohung, und Karen wischte sich über die Augen und zog die Nase hoch und sagte: Vor zwei Stunden war das oder vor drei.

Sie riefen die Polizei an, eine müde Stimme am anderen

Ende der Leitung. Nein, keine Unfallmeldung, nicht heute Nacht. Die kommt schon wieder, sagte der Polizist. Vielleicht ist sie bei einer Freundin. Einem Freund.

David unterbrach ihn: Ab wann wird gesucht?, und der Polizist sagte: Wenn sie am Morgen noch nicht da ist. Und: Wir melden uns, falls wir etwas hören. Kleine Kinder, kleine Sorgen, sagte er. Große Kinder, große Sorgen.

David zog sich eine Hose an, einen Pullover über das T-Shirt, das er im Bett getragen hatte.

Ich fahr die Strecke ab, bleibt ihr hier.

Nein, sagte Anne, ich komme mit.

Sie ging ins Schlafzimmer, nahm eine Jeans aus dem Schrank, eine Strickjacke. Sah, dass ihre Hände zitterten. Karen saß am Esstisch, die Arme vor der Brust verschränkt, sie sagte: Ruft mich an, sobald ihr etwas wisst, okay?

Es hatte aufgehört zu regnen, der Mond war von Wolken verborgen. Sie verließen das Dorf, vier Kilometer bis zum nächsten, dazwischen flaches Land. Anne sah angestrengt aus dem Fenster: die Radwege, die Dünen hinter dem Ulmenhain, dann wieder Gartenmauern, Zäune, Kreuzungen, schmale Gassen zwischen den Grundstücken. Vor dem Supermarkt stand ein Lastwagen, weißes Licht brannte über dem Seiteneingang, zwei Arbeiter schleppten Kisten mit Milchkartons und Joghurts vom Wagen zum Eingang. Beim Gemeindehaus hielten sie an, die Kirchglocken nun ganz nah, zwei Uhr. Im Vorgarten lagen einige leere Coladosen, über dem Eingang hing noch die Girlande aus Plastikbuchstaben, glänzend vor Nässe, Happy Birthday, ein Luftballon mit einer 19 drauf. Hier musste sie losgefahren sein.

Wir fahren im Schritttempo die ganze Strecke ab, sagte Anne, und wo das Auto nicht hin kann, laufe ich.

Der Weg durch das Dorf, vorbei an der Kirche, in die Seitenstraße. Hier entlang, oder eher da?

David kratzte sich am Kopf: Ich weiß es nicht.

Also, sagte Anne, hier lang.

Sie hatten die Fenster geöffnet, kalt zog es in den Wagen hinein. Auf der Landstraße machte David den Warnblinker an. Anne lief den Radweg ab. Zog das Handy aus der Hosentasche, wählte Yolas Nummer. Sprach auf die Mailbox, noch eine Nachricht. Sie konnte das Meer hören, vom Wind gestreift. Als der Radweg endete, ging sie zum Auto zurück.

Nichts, sagte sie, als sie neben ihm saß.

Hier muss sie auf der Straße weitergefahren sein, sagte David. Lass mich mal aussteigen.

Sie kletterte auf den Fahrersitz. David lief am Rand der Straße, blickte die Böschung entlang, starrte in das Dunkel des Waldes. Anne rief Karen an. Nichts Neues, sagte Karen. Und bei euch? Auch nichts, sagte Anne, leider. Es hatte wieder zu regnen begonnen. Nach jeder Bewegung der Scheibenwischer konnte sie David kurz sehen, bevor er wieder hinter den Tropfen verschwand. Sie kurbelte das Fenster herunter. Komm wieder rein!, rief sie. Du kannst von hier drinnen alles genauso gut sehen. Ich weiß nicht, sagte David, meinst du? Aber er ging schon auf den Wagen zu.

Es war noch nicht hell, als sie nach Hause kamen. Karen sagte: Ich mache Kaffee. Sie ging in die Küche. Anne setzte sich an den Esstisch und stützte das Gesicht in die Hände. David hatte den Pullover ausgezogen, ein Handtuch lag auf seinen Schultern. Er sah aus wie ein Sportler, der ein Spiel verloren hat.

Wir rufen jetzt ihre Freundinnen an, sagte er, und als er Annes Gesicht sah: Herrgott, Anne, das ist ein Notfall!

Gibt es, fragte Anne, als Karen den Kaffee brachte, einen Jungen, von dem wir nichts wissen?

Karen überlegte. Ich glaube nicht, sagte sie.

Es war halb sieben, als sie vor der Wache parkten. Der Himmel gelb und blau gefleckt. Es roch nach nasser Erde, nassem Asphalt. Als wäre das Meer über die Insel geschwappt. Als hätte es sich die Insel einverleibt und sie wieder ausgestoßen. Der Polizist, der aus einem der hinteren Zimmer trat, hatte helles fedriges Haar, das ihm über die Ohren fiel. Die Augen fast ohne Wimpern und Brauen, wie bei einem Neugeborenen.

Unsere Tochter ist verschwunden, sagte David, und ich verlange, dass Sie jetzt nach ihr suchen.

Doch es war Karen, die Yola fand. Noch bevor der Suchtrupp aufbrechen konnte, hatte sie ihr Fahrrad genommen und war zum Gemeindehaus gefahren. Auf dem Rückweg sah sie zwischen den Baumstämmen das Schutzblech blitzen. Sie stieg ab und ging über die Böschung in den Wald. Yola lag nicht weit entfernt vom Rad. Karen rief ihre Eltern an, sie klang ganz ruhig. Erst als sie im Auto saß, begann sie zu schreien, hoch und so verzweifelt, dass Anne sie an sich drückte, um sie zu trösten und ihren Schrei zu ersticken, der von nun an, das wusste sie, zu ihnen gehören würde: zu Karen, David und ihr, den Überlebenden.

David trägt das silberne Tablett vor sich her, darauf Brötchen und Kaffee und Orangensaft, Butter und Marmelade. Er bringt es ans Bett, und Anne tut so, als läge sie nicht schon seit Stunden wach, sondern sei eben erst erwacht und überrascht.

David sagt: Frühstück. Mach mal Platz!

Sie versucht, im Liegen zu essen, aber das geht nicht. Sie setzt sich in den Schneidersitz, während David die Kissen in seinem Rücken stapelt und Anne zwischen zwei Bissen anschaut, die Augen zusammengekniffen, weil hinter ihr das Fenster ist. Der Hund winselt leise. Dann komm halt, sagt Anne. Mit einer Hand schiebt sie die Decke zur Seite, der Labrador springt auf das Bett und kringelt sich zusammen, den Kopf auf den Hinterpfoten.

Oje, sagt David, schon so spät.

Er steht auf, sagt: Du hast noch Zeit, oder?

Sie sieht ihm hinterher, wie er das Zimmer verlässt, sie hört ihn duschen, dann sieht sie ihm zu, wie er nackt umhergeht, Socken aus dem Schrank nimmt, Unterwäsche, wie er sich anzieht und ihr dabei von Zeit zu Zeit einen Blick zuwirft, der freundlich ist und fragend.

Hast du abgenommen?, fragt sie.

Er sieht an sich herunter, zuckt mit den Achseln, klopft sich kurz auf den Bauch.

Möglich, sagt er, ich weiß nicht.

Sieht gut aus, sagt sie. Dann fügt sie hinzu: Ich gehe heute nicht arbeiten.

Ist dir schlecht?, fragt David, und Anne sagt: Nein, das ist es nicht.

Als sie hört, wie die Haustür geschlossen wird, steht sie auf. Stellt sich unter die Dusche, bis die Haut ganz rot und heiß ist, dann trocknet sie sich ab, ohne in den Spiegel zu sehen.

Die Idee ist ihr plötzlich gekommen, eine Idee, die zugleich ein Entschluss war: Sie würde ihre Arbeit kündigen, heute noch, sie würde anrufen und sagen, dass sie nicht mehr komme.

Wie meinst du das?, fragt Eva. Heute? Oder diese Woche?

Nein, sagt Anne. Generell.

Sie räuspert sich, ein Pochen im Hals, dreh um, denkt sie, jetzt geht es noch. Jetzt ist Eva noch überrascht, ein wenig belustigt vielleicht, aber nicht verärgert.

Ich habe ja noch Urlaub gut, sagt Anne hilflos, und Eva sagt: Hör mal, Anne, was ist los?

Nichts, sagt sie. Ich weiß nicht.

Sie hört Eva ausatmen, stellt sich vor, wie sie die Augen aufreißt, Fassungslosigkeit signalisiert, Unverständnis, für die Kollegen.

Nimm das mal so an, sagt Anne. Ich kündige.

Dann legt sie auf, ohne Evas Antwort abzuwarten.

Auf dem Tisch liegen einige Broschüren, dazwischen ein Briefbeschwerer, ein kleines, gusseisernes Nilpferd, das nutzlos und hübsch dasteht, mit dem Rücken zum Besucher. Irgendjemand hat sich die Mühe gemacht, das Zimmer einzurichten. Fast schon gemütlich, mit seinem blumenumrankten Teppich, der Federzeichnung an der Wand, über dem Holzschrank eine lange Reihe antiker Schlüssel, jeder an einem Nagel aufgehängt. Anne weiß nicht, ob der Mann, der ihr gegenübersitzt, dazu passt. Ob sie ihm die Schlüsselsammlung abnimmt. Die Blumen und das Nilpferd. Er ist jünger als sie, aber vielleicht täuscht sie sich auch. In letzter Zeit glaubt sie von den meisten Menschen, dass sie jünger seien als sie. Vielleicht kommt das daher, dass sie sich schwer fühlt. Schwere Beine, schwere Füße, die in keine schönen Schuhe mehr passen. Ein schwerer Körper, den sie mit sich herumträgt, pflichtschuldig, ohne jede Zuneigung. Nur ihr

Kopf kommt ihr manchmal leicht vor, schwindelig, als würde er gleich davontaumeln und sie zurücklassen, orientierungslos wie der kopflose Reiter.

Tristan, sagt er. Der Vater ein Wagner-Verehrer, darum die Namen der Kinder: Gunther, Isolde, Tristan. Er lächelt, es hätte schlimmer kommen können: Lohengrin oder Parsifal. Sie kennen sich vom Sehen, Karen und sein Sohn gingen einmal in dieselbe Klasse, Tristan erinnert sich an einen Elternabend, auf dem Anne mit der Mathematiklehrerin Streit bekam, einer rabiaten Oberstudienrätin. Worum es ging, hat er vergessen. Aber eindrücklich war es, sagt er, und dass er – natürlich – auf ihrer Seite war. Sie kann sich nicht erinnern. Nicht an den Streit, nicht an seinen Beistand. Nur die Lehrerin sieht sie vor sich. Ihre groteske Aufmachung. Streng und unmodern. Aber schrille Farben. Eine Demonstration ihrer Unangreifbarkeit.

Also?, fragt Tristan, und Anne sagt: Ich muss mich neu orientieren, so sagt man doch, nicht wahr? Neu beginnen. Irgendwas. Alles. Sie lacht trocken. Zunächst einmal den Beruf.

Tristan nickt, nimmt einen Block zur Hand, einen Stift. Schreibt ihren Namen oben auf das erste Blatt. Darunter das Datum.

Damit zumindest bist du richtig hier, sagt er. Er klingt belustigt, auf eine freundliche Art, nicht spöttisch.

Was sie gelernt hat. Was sie gemacht hat. Studiert, sagt sie, Geschichte. Als Lehrerin gearbeitet, aber nur kurz. Dann kamen die Kinder. Und irgendwann begann sie als Reiseführerin zu arbeiten. Fuhr die Touristen über die Insel, zeigte ihnen das, was sie aus ihren Reisebüchern kannten. Die hellen Felsen. Den Glockenturm und das Inselmuseum. Das Skelett des Pottwals. Die Ausstellung der Miniaturbilder, manche so klein, dass sie auf einen Hemdenknopf passen. Ganze Landschaften. Und später die Arbeit im Büro der Inselverwaltung. Keine Ausflüge mehr, dafür ein besseres Gehalt. Mehr Verantwortung. Mehr Langeweile. Sie sagt: Die Tage vergingen so langsam. Langsam und gleichzeitig viel zu schnell. Als würde mein Leben verrinnen. Ohne mich.

Will sie das sagen? Ist es das? Sie verstummt und Tristan sagt: Einen Kaffee. Ich hole uns einen Kaffee, einverstanden? Als er wieder ins Zimmer kommt, hat sie sich gefangen. Lobt den Kaffee, zeigt auf die Schlüssel an der Wand. Hast du die gesammelt? Nein, sagt Tristan. Die stammen von meinem Vater. Er selbst sei kein Sammler. Verliere höchstens Sachen. Jeden Tag eine Kleinigkeit. Die Insel muss gesprenkelt sein von meinen Besitztümern. Er lacht. Anne fragt: Ist das gut oder schlecht? Gut, sagt er nach einer Weile. Ich glaube, das ist gut.

Und was willst du jetzt machen?, fragt er, als sie ihre leere Tasse auf den Tisch stellt.

Sie sieht ihn an, fühlt sich kurz sehr jung. Keine Ahnung, sagt sie. Sie überlegt. Keinen Bürojob.

Er zieht eine vertikale Linie in der Mitte des Blattes. Teilt es in zwei Hälften, eine gute und eine schlechte, denkt Anne. Wie sie es als Kind gemacht hat, wenn eine Entscheidung anstand. Plus, hatte sie über die eine Seite geschrieben, Minus über die andere. Bis zu ihrem Studium hatte sie es so gehalten, dann nicht mehr. Hätte es geholfen? Etwas geändert? Und wenn sie es heute noch mal tun würde, noch mal ihr Leben in eine Liste zwingen würde?

Was sie will. Und was nicht. Er notiert es. Manchmal nimmt sie etwas zurück. Nein, sagt sie, das doch nicht. Sie überlegt. Wenn sie aufschaut, blickt sie in seine Augen. Grün, denkt sie, vielleicht auch braun. Sie ist zu weit entfernt, der Tisch zu groß. Falten, wenn er lacht. Vielleicht ist er doch nicht jünger als sie. In blondem Haar sieht man die grauen Strähnen erst, wenn man ganz nah herangeht. Sie lächelt und er lächelt auch. Wie Verschwörer, denkt sie kurz. Aber Verschwörer wogegen? Sie betrachtet den Vogel auf der Zeichnung hinter ihm an der Wand. Der breite ungeschützte Bauch, der schmale Schnabel. Dunkle Knopfaugen ohne Mitte. Der Ast, auf dem er sitzt, trägt Blüten, Kirsche, vielleicht Pflaume. Tristans Gesicht davor, als wäre es ein Teil der Illustration. Als wüchse ihm der Vogel aus dem Kopf und wachte über ihm. Seine Kopfgeburt, denkt Anne.

Mehr weiß ich nicht, sagt sie irgendwann.

Das war, sagt er, schon recht viel.

Er steht auf, geht ins andere Zimmer, kommt mit einer Kopie der Liste zurück.

Wir sollten drüber schlafen, sagt er. Komm doch morgen wieder. Machst du das?

Ja, sagt sie, das mache ich.

Als sie nach Hause kommt, hat David das Essen vorbereitet. Brot, Schinken, Schafskäse. Gurken. Tomaten.

Tristan, sagt er, als sie zu Ende erzählt hat. Kenn ich nicht. Er schüttelt den Kopf. Ist er denn so traurig, wie man meinen sollte?

Sie sagt: Ich glaube nicht. Iss nicht so schnell.

Sie legt das Messer neben den Teller, die Hände in den Schoß.

Lass uns einmal nicht schon die Gabel füllen, während wir noch kauen, schlägt sie vor. Lass uns das Essen in die Länge ziehen, was meinst du?

Er sieht sie mit komischer Verzweiflung an. Und wenn ich Hunger habe?

Dann erst recht, sagt sie.

In der Nacht wacht sie auf, weil er sich an sie drängt. Sie schließt die Augen, irgendwann dreht sie sich zu ihm um. Streichelt sein Gesicht, seine Brust. Fährt hinab zu seinem Bauch, seinem Geschlecht. Sie beugt sich über ihn. Doch, sagt sie, als er sich sträubt. Es ist gut. Dann legt sie sich hin. Sein Kopf zwischen ihren Beinen. Kurz hält sie ihn zurück, lässt ihn innehalten. Sucht nach einem Bild. Einem Körper. Einem Gesicht, nur vage vertraut. Löst den Druck ihrer Hände.

Und, sagt Tristan, hast du darüber nachgedacht?

Er sitzt hinter dem Tisch und scheint heute nur aus Augen zu bestehen. Augen und einem Mund, vielleicht noch zwei Arme in einem blassblauen Pullover.

Sie nickt. Und du?

Ich auch. Du musst aber zuerst sagen, was dir in den Sinn kam. Das ist nämlich wichtiger.

Aber du bist der Profi.

Er lacht kurz. Berater sind nie Profis, weißt du das etwa nicht? Wir stümpern nur so ein bisschen herum. Laien von Berufs wegen.

Ach ja? Sie sieht ihn ungläubig an. Holt schließlich, als er ihrem Blick standhält, tief Luft, als gelte es abzutauchen. Sagt: Ich glaube, mit diesen Reiseführungen, die ich machte, lag ich gar nicht so falsch. Nicht, dass ich genau das Gleiche wieder machen will. Aber mit Menschen – sie unterbricht sich kurz, kräuselt die Stirn über die Banaliät der Aussage – na, du weißt schon. Mit Menschen zu tun zu haben, gefällt mir.

Er nickt. Ja, das dachte ich mir.

Tourismus also, sagt sie. Vielleicht. Das Problem ist nur, dass die Insel so klein ist.

Klein, denkt sie, und umzingelt vom Meer. Kein Entkommen möglich. Und kein Geheimnis. Jeder von ihnen ein offenes Buch. Eine Landkarte, auf der die Lebensstationen eingezeichnet sind wie Sehenswürdigkeiten. Heirat, Kinder, Scheidung, Tod. Aber stimmt das? Was weiß sie denn von ihm? So gut wie nichts. Und er von ihr? Nicht viel mehr. Sie wünscht es sich.

Ja, sagt er. Groß ist sie nicht. Er sieht sie nachdenklich an, dann schaut er zum Fenster, das erfüllt ist von der Nachmittagssonne. Die Kälte ist noch einmal zurückgewichen. Ein spätherbstliches Hoch hat sich zwischen Regen und Schnee gedrängt wie ein resoluter Polizist, der den Verkehr umleitet.

Wollen wir, fragt er, ein bisschen rausgehen? Er wirkt verlegen. Du bist meine letzte Klientin heute und die Sonne ist so schön – aber sag ruhig, wenn es dir nicht recht ist.

Doch, sagt sie. Gern.

Er führt sie durch den Garten. Öffnet ein niedriges Tor. Sie stehen auf einem Weg aus festgetretenem Sand. Links geht es zur Innenstadt, rechts in einen kleinen Wald. Er lässt sie entscheiden. Rechts, sagt sie, und sie gehen los.

Einige Minuten sagt keiner ein Wort. Es ist kein angestrengtes Schweigen. Eher eine Ruhe, die Anne Zeit gibt, sich umzuschauen. Der Weg verläuft parallel zu einem Bach, den sie nach kurzer Zeit auf einer schmalen Holzbrücke überqueren. Wenn sie sich über das Geländer lehnt, kann sie die Fische im Wasser erkennen. Ihre dunklen kleinen Leiber, die launischen Richtungswechsel. Als sie den Wald betreten, wird die Luft merklich kühler. Irgendjemand hat ein Baumhaus in eine stämmige Eiche gebaut. Von dort oben muss das Meer zu sehen sein. Sie bleiben stehen. Legen den Kopf in den Nacken. Vom Boden zum Haus sind es gut zehn Meter, eine Leiter fehlt. Der oder die Bewohner müssen jedes Mal eine Leiter mitbringen. Oder am Baum hinaufklettern, von Ast zu Ast. Besucher würden rufen müssen. Vielleicht einen Vogelruf imitieren: ruckedigu, ruckedigu.

Mir fielen, sagt Tristan, als sie weitergehen, zwei, drei mögliche Berufe ein. Hör's dir mal an, okay? Sag nicht gleich nein.

Nein, sagt sie. Also ja.

Tristan sagt: Das Erste, was mir einfiel, war so was wie Eventmanagerin. Klingt fürchterlich. Ist es aber nicht.

Während er spricht, sieht Anne Bilder vor sich. Bilder von sich. Sie, bei der Organisation eines Festes. Bei der Vorbereitung einer Ausstellung. Bei der Eröffnung eines Symposiums. Sie, beim Betreten eines Restaurants. Beim Gespräch mit Kunden. Beim Telefonieren. Sie, gewandter, jünger, schöner, als sie ist. Unversehrt. Als hätte jemand die Zeit zurückgedreht.

Ich weiß nicht, sagt sie. Kann ich so was denn?

Och, sagt er, bestimmt.

Er sagt es zuversichtlich und so, als ob Annes Einwand erwartbar gewesen wäre. Erwartbar, aber unbegründet. Und als würde sie das selbst wissen.

Und was wäre das Zweite?

Tja, sagt er, was ganz anderes. Und doch nicht so unähnlich.

Er sieht sie prüfend an, und sie braucht einen Moment, um es zu bemerken. Inzwischen haben sie den Wald hinter sich gelassen. Felder liegen vor ihnen, abgeerntet. Am Rand

blüht späte Ackerwinde. Die stoppeligen Ähren. Der tief-
blaue Himmel, das letzte Grau daraus vertrieben. Der baumlose Horizont. Nichts, was den Blick verstellt.

Also?, fragt sie. Sie weiß nicht, ob sie ihm sein Zögern
glauben soll. Vielleicht will er sie einfach nur in Sicherheit
wiegen. Und sie so dazu bringen, mehr von sich preiszuge-
ben. Ihm zu zeigen, wer sie ist. Wie. Und wenn schon, denkt
sie.

Maklerin.

Nur dieses Wort. Er wartet auf ihre Reaktion. Sie sagt
langsam: Aha.

Vor allem ginge es wohl um Ferienhäuser, sagt er. Aber
nicht nur. Deine Aufgabe wäre es, zu vermitteln. Zwischen
den Käufern und Verkäufern. Und beiden das Gefühl zu geben, ihre Interessen zu vertreten.

Klingt gut, sagt sie.

Sie hat keine Ahnung von dem Metier. Aber sie merkt,
dass es ihr gefallen könnte. Sie hat sich schon immer für Häuser interessiert. Sie mag es, durch Wohnviertel zu laufen und
in erhellte Fenster zu schauen. Einen Blick zu erhaschen auf
fremde Möbel, fremdes Leben. Schon als Kind hat sie das geliebt. Manche Bekanntschaften hat sie nur geschlossen, um
Zugang zu den Häusern zu erhalten. Sich vorzustellen, ein
anderes Leben zu führen. In einem anderen Bett zu schlafen.
An einem anderen Tisch zu sitzen.

Keine Ahnung, in welchem Beruf bessere Chancen bestehen, sagt Tristan. Aber das finden wir raus.

An einer Wegkreuzung steht ein Steinkreuz, in dessen
Sockel lateinische Worte eingraviert sind.

Kannst du das lesen?, fragt Anne, und Tristan sagt: Lesen
schon, nur verstehen kann ich es nicht mehr. Kein Wort.

Sie biegen links ab. Passieren ein dunkles Holzhaus mit roten Fensterläden, ein Försterhaus wie von einer Postkarte. Auf dem Rasen davor steht ein niedriges Gehege. Sie beugen sich über den Gartenzaun, aber sie können kein Tier entdecken. Vielleicht eine Schildkröte, die so grün ist wie das Gras, sagt Anne. Halten die nicht Winterschlaf?, fragt Tristan. Sie gehen weiter und dann sehen sie plötzlich das Riesenrad. Die gelben und roten Gondeln, die im letzten Sonnenlicht schimmernden Speichen. Direkt daneben ein Gerät, das wie eine Windmühle aussieht. Die fünf Flügel dicht mit Menschen besetzt. Die Flügel gehen auf und nieder, drehen sich um sich selbst. Köpfe, die nach unten hängen. Schreie, die sie im Näherkommen hören. Ängstlich und euphorisch.

Komm, sagt Tristan, lass uns schauen gehen.

Am Wegrand stehen etliche Autos. Andere Autos kommen im Schritttempo gefahren. Wenden, als sie keinen Platz finden. Parken dann fünfzig Meter entfernt auf einer gemähten Wiese. Ein Jugendlicher in grellgelber Weste weist die Parkplätze zu.

Tristan hat Annes Arm genommen und zieht sie mit sich. Auf dem Jahrmarkt lässt er sie los, doch manchmal spürt sie seine Hand in ihrem Rücken, als sie durch die Menschen gehen. Kinder kommen ihnen entgegen. Eis und Lebkuchen essend. Zuckerwatte in luftigen rosafarbenen Wolken.

Wusstest du, dass ein Zahnarzt die Zuckerwatte erfunden hat?, fragt Tristan.

Wirklich? Anne lacht. Wie vorausschauend von ihm.

Sie kaufen zwei Lose bei einem Mann, der bis zu den Knien in einem bauchigen Apfelkostüm steckt. Keines der Lose gewinnt. Vor einem mit englischen Flaggen und einem Wachsoldaten bemalten Stand bleiben sie stehen. An der hinteren Wand sind Luftballons angebracht. Drei Pfeile pro Versuch. Und für den Sieger ein Stofftier: Gelbe Kugelfische, orange-weiß-schwarze Clownfische. Springende Delfine. Zwei riesige Haie.

Ich hol dir einen Hai, verspricht Tristan. Für deine jüngere Tochter. Wie alt ist sie noch mal?

Dreizehn, sagt Anne. Sie hat automatisch geantwortet. Jetzt sagt sie noch einmal: Yola ist dreizehn.

Da geht's ja gerade noch, sagt Tristan.

Der erste Pfeil prallt an einem Ballon ab und fällt zu Boden. Mit den beiden nächsten trifft er. So einer oder so einer, sagt der Mann hinter der Theke und zeigt gelangweilt auf die kleineren Fische. Anne sagt, einen Clownfisch, bitte, und der Mann nimmt einen der Fische von seinem Haken und reicht ihn ihr.

Danke, sagt Anne. Und an Tristan gewandt: Ist sogar schöner als ein Hai.

Sie gehen an einer Schiffsschaukel vorbei und an einer Riesenkrake. Vor der Achterbahn bleibt Tristan stehen. Komm, sagt er. Wir fahren eine Runde.

Nein, sagt Anne, nie im Leben.

Sie hat schon Angst, wenn sie nur davorsteht. Die blassen Gesichter der Menschen, die im Sturzflug auf sie zu sausen. Die zu Schreien geöffneten Münder. Die Achterbahn ist nicht sehr hoch. Trotzdem.

Ach, komm schon, sagt Tristan.

Ich bin noch nie mit so was gefahren, sagt Anne.

Na, umso besser, sagt Tristan. Dann probieren wir heute etwas Neues aus.

Und was ist das Neue für dich?, fragt sie.

Das, sagt Tristan, darfst du bestimmen. Jetzt komm.

Er hat wieder ihre Hand genommen, und sie lässt sich zu der Schlange ziehen, die vor dem Kassenhäuschen ansteht. Während sie warten, schaut Anne nicht zur Achterbahn. Stattdessen beobachtet sie einen jungen Mann, der einen Rollstuhl schiebt. Das Mädchen darin ist an Handgelenken, Bauch und Beinen mit Lederriemen angebunden, der Kopf wird von einer Halterung fixiert. Sie ist vielleicht neun Jahre alt, kaum älter. Ihre Augen wandern umher. Manchmal zuckt es in ihrem Gesicht, als versuchte sie zu lächeln. Oder zu weinen. Wo sie entlangkommen, teilt sich die Menge.

Schließlich sind Tristan und Anne an der Reihe. Tristan bezahlt und die Kassiererin mit den runden Puppenaugen und dem fahlen Teint schiebt die beiden Tickets unter dem Plastikfenster hindurch. Sie setzen sich in einen der Wagen. Anne schließt den Gurt, zieht noch einmal daran. Rüttelt an den Plastikbügeln, die vor ihrem Oberkörper ineinandergreifen.

Alles fest?, fragt Tristan.

Ich glaube schon.

Na dann. Tristan nickt ihr zu. Um ehrlich zu sein, sagt er, bin ich selbst ein bisschen ängstlich. Er sieht sie so nachdenklich an, als sei ihm etwas entfallen. Vierzehn Jahre, sagt er schließlich. So lange ist es her, dass ich das letzte Mal mit so einem Ding gefahren bin. Jon war damals fünf und bestand darauf. Das hat ihn kuriert, danach wollte er nie mehr fahren. Tristan lacht leise.

Hast du noch mehr Kinder?, fragt Anne.

Seine Antwort geht im Geheul der Sirene unter, das sogleich von lauter Rockmusik abgelöst wird. Der Wagen ruckt, dann fahren sie los. Anne sieht noch einmal zu Tristan hin. Er hält sich mit beiden Händen am Bügel fest, hat den

Kopf in den Nacken gelegt. Die Jugendlichen in der Reihe vor ihnen schreien. Anne schließt die Augen und spürt, wie sie stürzen. Emporgerissen werden. Und wieder stürzen. Sie merkt, wie ihr übel wird. Eine Angst, die nichts Rationales an sich hat und ihr Tränen in die Augen treibt. Sie schreit nicht, aber sie wimmert ein wenig. Es ist nicht schön. Nichts an dieser Fahrt ist schön. Als sie endlich wieder stehen, als sich die Bügel lautlos heben, als die Rockmusik ausklingt und sie auf wackeligen Beinen aus dem Wagen klettert, ist sie so wütend, dass sie Tristan nicht anschauen kann.

Ist alles in Ordnung?, fragt er, als er hinter ihr die Stufen runtergeht. Anne?

Ja, sagt sie. Und zieht ein Gesicht, das Nein sagt. Nein. Nein. Nein. Es ist inzwischen fast dunkel geworden. Die bunten Lichter, die erleuchteten Gondeln des Riesenrads, der Mond, der von irgendwoher aufgetaucht ist, blass und schmal wie ein kränklicher Cousin.

Ich muss allmählich nach Hause, sagt Anne. Mein Mann fragt sich sicher schon, wo ich bin.

Ja, sagt Tristan. Du hast recht.

Er fragt: Wo wohnst du? Sie sagt es ihm. Ich bringe dich hin, sagt er.

Nein, mein Auto steht ja bei dir, sagt sie.

Ah. Klar. Er kann es ihr nicht recht machen. Aber er gibt sich Mühe. Sieh mal, da vorne sind Taxis. Lass uns eins nehmen.

Im Taxi fragt er: Sollen wir morgen telefonieren? Wegen der weiteren Beratung?

Geht die denn noch weiter?, fragt Anne.

Jetzt sieht er ein bisschen gekränkt aus. Natürlich nur, wenn du willst, sagt er. Aber eigentlich schon. Ja.

Okay. Sie sieht aus dem Fenster. Oh, sagt sie plötzlich. Mist. Ich habe den Fisch verloren.

Er sieht auf ihre Hände, auf seine, auf den Platz zwischen ihnen. Den Boden. Kein Fisch da.

Tut mir leid, sagt er. Die Fahrt. Dass ich dich überredet habe. Alles.

Sie muss plötzlich lachen. Es war furchtbar, oder? Gib's zu.

Ja, sagt er. Es war einfach nur schrecklich.

Sie lachen, bis das Taxi vor seiner Praxis hält. Bis er bezahlt hat und sie ausgestiegen sind. Der Taxifahrer hat kurz geschnaubt und dann nur noch geseufzt. Hat sich nicht bedankt, aber immerhin eine gute Nacht gewünscht.

Tristan bringt sie zu ihrem Auto. Rufst du also an?

Ja. Sie nickt. Morgen oder übermorgen.

Als sie schon im Wagen sitzt, klopft er noch einmal.

Etwas Neues, sagt er, als sie das Fenster geöffnet hat. Weißt du noch? Du darfst mich zu etwas Neuem überreden.

Das werde ich, sagt Anne. Sie sagt es drohend, und Tristan lächelt und sagt: Ich bin gespannt.

Das Essen ist im Ofen, sagt David statt einer Begrüßung.

Er wendet die Augen nicht vom Fernseher ab. Irgendwer verfolgt irgendwen. Autos werden ineinandergeschoben und drehen sich um die eigene Achse. Fliegen ein paar Meter weit, fallen krachend herunter. Fahren trotzdem weiter. Irgendwer schießt, irgendwer ist raus aus dem Spiel.

Es tut mir leid, sagt Anne.

David nickt und sie geht in die Küche. Nimmt sich von der Lasagne und vom Salat, der schon schlaff geworden ist. Ein Glas Wein dazu. Sie hat Hunger wie nach einer langen

Krankheit. Isst eine große Portion, nimmt sich noch eine. Trinkt noch ein Glas Wein. Sie hört, wie der Ton leiser gestellt wird. Dann kommt David in die Küche. Er setzt sich an den Tisch, stützt den Kopf in die Hände und sieht sie abwartend an.

Schmeckt gut, sagt sie.

Herrgott, Anne, sagt er. Ruf das nächste Mal an! Oder geh wenigstens ans Handy.

Ich hatte es nicht dabei, sagt sie.

Das stimmt sogar. Es liegt neben ihrem Bett, sie hat es als Wecker benutzt.

Ich hatte Angst, sagt David. Er klingt nicht vorwurfsvoll, als er das sagt. Eher überrascht. Erschrocken von sich selbst.

Glaubst du, das wird je besser?, fragt er. Glaubst du, es wird je einen Tag geben, an dem wir nicht daran denken? Eine Stunde wenigstens?

Sie hat die Gabel hingelegt. Das Messer daneben. Warum muss er das jetzt sagen. Ihr den Bissen im Hals stecken lassen. Den Wein vergiften.

Ich weiß es nicht, sagt sie. Ich weiß es wirklich nicht.

In der Nacht kann sie nicht schlafen. Sie steht auf, setzt sich auf einen Stuhl. Macht Entspannungsübungen. Einatmen, ausatmen. Sich schwer fühlen und warm. Den Herzschlag hören. Hitze auf der Stirn, Kälte. David liegt auf seiner Seite des Bettes. Er atmet ruhig. Als sie um drei Uhr immer noch nicht schläft, geht sie in die Küche, um etwas zu essen. Sie hat keinen Hunger, aber der Zucker beruhigt den Kopf. Macht ihn müde. Entspannt ihn den entscheidenden Moment lang, den er zum Einschlafen braucht.

Natürlich haben sie ihre Helfer. Irgendwann haben sie angefangen, Witze darüber zu machen. Dass sie sich ihre

Drogensucht anders vorgestellt hätten. Aufregender. Unterhaltsamer. Dass sie nicht deshalb mit dem Rauchen aufgehört hätten, um jetzt tablettensüchtig zu werden. Aber es fühlt sich wirklich gut an, findest du nicht? Doch, sagt David. Einzuschlafen, mitten im Lesen. Und dann aufzuwachen und zu merken, dass man geschlafen hat. Doch. Das fühlt sich gut an.

Was ist es, das Sie wach hält?, hatte die Psychologin gefragt, und Anne hatte gesagt: Was wohl. Die immer gleichen Gedanken. Es ist wie eine Schlaufe in meinem Kopf, ein Möbiusband. Endlos.

Die Trauer, hatte David gesagt. Bei mir ist es einfach die Trauer.

Und Wut?, hatte die Psychologin gefragt.

David hatte den Kopf geschüttelt.

Doch, hatte Anne gesagt. Eine Riesenwut. Ein richtiger Hass.

Danach waren sie nicht mehr zusammen in die Therapie gegangen.

Einige Wochen nach dem Unfall hatte Anne dann begonnen, eine Selbsthilfegruppe zu besuchen. David weigerte sich mitzukommen, und so war sie alleine alle zwei Wochen aufs Festland übergesetzt und von da aus noch einmal vierzig Minuten mit dem Auto gefahren. Die Gruppe traf sich im Hinterzimmer einer Gaststätte, noch am nächsten Tag rochen Annes Haare nach Pommes frites und Rauch. Sie hatten mehrere Tische zusammengeschoben. Waren einer nach dem anderen aufgestanden. Hatten ihren Namen genannt und den ihres Kindes. Woran es gestorben war. Wann. Wie das Leben seitdem aussah. Leben, hatte ein Mann gesagt. Leben sei das nicht mehr. Nur noch ein So tun, als ob. Seine

Tochter war von einem Baum gefallen, sie war so hoch geklettert, wie sie konnte, und als er nach ihr rief, hatte sie ihm gewinkt und war gestürzt. Er habe den Eindruck, schuld zu sein, sagte der Mann. Er *sei* schuld. Nein, sagte die Leiterin, das dürfe er nicht sagen. Nicht einmal denken. Der Mann hatte sich hingesetzt, die Hände vor sich auf den Tisch gelegt, die Hände angeschaut. Der Sohn der Frau neben ihm war an Leukämie gestorben. Mit sieben. Der Sohn der nächsten beiden Teilnehmer war entführt worden, nicht wieder aufgetaucht, seit zehn Jahren. Ja, sagte die Frau, er könnte noch leben, aber wir glauben nicht mehr daran. Und kinderlos seien sie und ihr Mann in beiden Fällen. Es klang, als wollte sie sich rechtfertigen für ihr Kommen. Natürlich, sagte die Leiterin der Gruppe. Als die Reihe an Anne kam, stand sie auf und sagte: Fahrerflucht. Und dass Yola dreizehn gewesen sei. Wurde der Täter ermittelt?, fragte der Mann mit dem gestürzten Kind. Nein, sagte Anne, bis heute nicht. Das sei vielleicht das Schlimmste. Weil das Leben auf dem Punkt verharre, kein Abschluss möglich sei. Sie setzte sich wieder, und nach einem Moment des Schweigens stand der Mann neben ihr auf. Die nächste Tragödie, das nächste Verhängnis. Sie hatte erwartet, getröstet zu sein durch das Unglück der anderen. Stattdessen schien sich das Elend zu vervielfachen. Schien den Raum auszufüllen, der trotz seiner Bruegel-Drucke nackt wirkte. *Jäger im Schnee.* Sie erinnert sich, dass sie das Bild anstarrte. Die Eisläufer im Hintergrund, die ziegenartigen Hunde und eiligen Jäger. Fünf schwarze Vögel vor einem steingrauen Himmel. Berge spitz wie Messer. Aus der Schankstube war Lachen zu hören, Männerstimmen, die sangen, laut und offensichtlich betrunken. *For he's a jolly good fellow.* Noch drei Mal war sie zu den

Treffen gegangen. Dann hatte sie Zahnschmerzen erfunden und eine Grippe. Und sich bald darauf abgemeldet.

Sie geht zum Küchenschrank, holt sich eine Tasse heraus. Schüttet Müsli in die Tasse, Milch darüber. Setzt sich an den Tisch und löffelt die Tasse leer, während sie in einer Zeitschrift blättert. Heute ist Samstag. Das hat Tristan nicht bedacht: dass heute Samstag ist und morgen Sonntag. Dass sie ihn erst am Montag anrufen kann. Ob es ihm etwas ausmacht? Sie weiß nicht mal, ob es ihr etwas ausmacht. Als sie wieder im Bett liegt, versucht sie sich sein Gesicht vorzustellen. Es gelingt ihr nicht. Augen, Nase, Mund. Die Einzelteile sind da. Aber sie kann sie nicht zu einem Ganzen fügen. Sie versucht es wieder und wieder. Darüber schläft sie ein.

Und, fragt sie, als sie beim Frühstück sitzen, was sagst du dazu?

Hm, macht David. Ich muss mich erst mal mit dem Gedanken anfreunden. Er lehnt sich zurück, sagt bedächtig: Maklerin. Klingt irgendwie … geschäftstüchtig.

Ja, sagt sie, finde ich auch.

Aber das muss ja nicht schlecht sein.

Anne kann Davids Gesicht ansehen, wie sehr er sich um eine unvoreingenommene Haltung bemüht. So muss er mit seinen Schülern sein, denkt sie. Darum mögen sie ihn so gern. Und weil er witzig ist. Zu jedem eine Anekdote kennt, ein Erlebnis oder eine Aussage, die ihn kennzeichnet, aufs Freundlichste charakterisiert. Seine Schüler kommen oft noch Jahre nach dem Schulabschluss zu ihm. Sagen ihm, dass er es war, der ihnen die Zeit am Gymnasium erträglich gemacht hat. Manche von ihnen studieren später sogar Physik, darunter auch das eine oder andere Mädchen. Sie weiß, dass ihn das besonders freut. Auch wenn er es nicht zugeben würde.

Eigentlich interessierst du dich ja wirklich für Häuser, sagt er. Ich meine, man müsste es mal ausprobieren, oder?

Tja. Sie nimmt noch eine Scheibe Brot. Vielleicht.

Musst du denn eine Ausbildung dafür absolvieren? Oder lernt man einfach alles bei einem der ansässigen Makler?

Keine Ahnung, sagt Anne. Ich glaube, das erklärt Tristan mir alles noch.

Nach dem Frühstück zieht sie Wanderschuhe an, einen Schal und ihren Anorak. Ruft den Hund, der vor Freude bellt und an ihr hochspringt. David sitzt in seinem Büro und korrigiert Arbeiten. Eine fremde Welt. Sie könnte die Arbeiten anschauen und würde nicht ein Wort davon verstehen. Sie hat es vor einigen Jahren versucht. Hat sich von David die Skizzen zeigen lassen, die Formeln und Versuchsanordnungen. Hoffnungslos. Das musste sogar er nach einiger Zeit zugeben. Du hast eindeutig andere Begabungen, sagte er. Sie dachte damals: Und welche? Dass sie ausgerechnet einen Physiker heiratete, hatte an ihrer Hochzeit Anlass zu etlichen Witzen gegeben. Was macht ein Physiker im Swingerclub? Er rechnet mit zwei Unbekannten. Warum lassen sich die meisten Physiker schnell wieder scheiden? Damit sie in Ruhe experimentieren können.

Gehst du zum Markt?, fragt er, und sie sagt: Eigentlich nicht.

Wir könnten Brot brauchen, Käse und Fleisch.

Sie sagt: Dann gehe ich wohl.

Sie hat den Vorgarten schon durchquert, als er noch mal die Tür öffnet.

Du denkst schon daran, dass heute Christa kommt, oder?

Sie sieht ihn einen Moment verständnislos an, dann fällt es ihr ein: ihre Schwester kommt, mit ihr ein Mann. Ein neuer oder der alte? Nein, sagt sie sich, es muss ein neuer sein, der vom letzten Mal ist Geschichte, zum Glück. Sie erinnert sich an den Mann, der gut zehn Jahre jünger als Christa war. Den ganzen Abend hatte er nahezu stumm am Tisch gesessen. Hatte von einem zum anderen gesehen. Sobald jemand sprach, sah er diese Person nicht mehr an. Beobachtete stattdessen die Reaktionen der anderen, mit einem spöttischen Lächeln. Als wüsste er etwas, das den anderen verborgen blieb. Als gäbe sich der, der gerade sprach, eine Blöße.

Wie findest du ihn?, fragte ihre Schwester, als sie am Abend zusammen im Bad standen. Anne sah sie im Spiegel an. Christa trug ein weißes Nachthemd mit weiten Ärmeln und einem Muster aus Lochstickerei, das ihr etwas Unschuldiges gab. Sie sah so erwartungsvoll aus, dass Anne wegschauen musste. Vielleicht, sagte Anne, etwas zurückhaltend? Das war das Äußerste. Weiter ging sie mit ihrer Kritik nicht. Zu viel Aufwand, zu viel Anlass zum Streit. Oh, das ist er nicht immer, sagte Christa und lachte.

Trotzdem hatte sie sich einige Wochen später von ihm getrennt. Er habe ihr erklärt, erzählte sie am Telefon, dass er keine Prognosen abgeben könne. Es sei unklar, ob er sie nicht irgendwann wegen einer anderen Frau verlassen würde. Warum sagst du das?, habe Christa gefragt, und er habe gesagt: Weil das meine Gefühle sind. Ja, habe Christa gesagt, aber warum sagst du mir das?

Kartoffeln, Karotten, Tomaten, Fleisch. Sollte der Mann Vegetarier sein, muss er sich mit den Beilagen behelfen. Ein Kuchen zum Nachtisch. Sie kauft ein Pfund Äpfel, ein Brot, das sauer riecht, Butter, die von einem großen gelben Butterklotz geschnitten und auf einer altertümlichen Waage gewogen wird. Aufs Gramm genau. Übungssache, sagt die Marktfrau, reine Übungssache. Der Hund sitzt neben Anne und wartet auf Leckereien. Nichts da, sagt sie und geht weiter. Am Rathaus vorbei, am dreistöckigen Kaufhaus, dessen roter Backstein weiß übermalt wurde. Vorbei an den hellgelben Arbeiterkolonien, den schmucklosen Hochhäusern, den Ferienhäusern, mit Namen wie ferne Geliebte: Esperanza, Utopia, Eden. Vorbei an der Schule, der Sportanlage, dem Schießplatz, auf dem ein paar Männer stehen. Einer hält ein Gewehr im Anschlag. Eine Tonscheibe wird in die Luft katapultiert und der Mann schießt. Anne kann nicht erkennen, ob er getroffen hat. Müsste sie nicht die Scherben sehen? Wie sie, vom Aufprall der Kugel in alle Richtungen versprengt, hinabstürzen wie tote Vögel? Im Weitergehen dreht sie sich noch einmal um. Sieht den nächsten Schützen anlegen. Hört den nächsten Schuss.

Erst wenn man die Hauptstadt verlässt, wird die Insel schön. Die sanft geschwungenen Dünen mit ihren blassen langmähnigen Gräsern. Die Landstraße, die sich von Süd nach Nord durch die Wiesen, Wälder und Dörfer windet. Die sumpfigen Deiche. In der Nacht die schwarzen Hügel. Mit Häusern bestückt wie mit Grabkerzen.

Tristan sagt, sie solle doch nochmals kommen. Am besten gleich heute, wenn sie möge. Vielleicht am späten Nachmittag?

Ja, sagt Anne. So gegen vier?

Besser halb fünf.

Für David schreibt sie einen Zettel, als sie geht. Wo sie ist. Dass das Essen im Kühlschrank steht. Sie legt den Zettel auf den Esstisch. Dann nimmt sie ihn und hängt ihn mit einem Magneten an den Kühlschrank.

Das Blau ist aus dem Himmel verschwunden, fortgewischt wie ein Irrtum. Der Winter, der kurz aufgehalten worden war, hat wieder die Führung übernommen. Noch schneit es nicht. Aber es riecht bereits nach Schnee. Sie hat eine Mütze aufgesetzt, Handschuhe in den Jackentaschen. Sie erinnert sich an den Muff, den sie als Kind besaß. Grau glänzendes Kaninchenfell. Im dichten Pelz ein Reißverschluss, ein Geheimfach. Einmal hatte sie überraschend ein Geldstück darin gefunden. Später hatte sie versucht, das zu wiederholen. Hatte Geld im Muff versteckt. Aber konnte es nie vergessen.

Tristan fragt: Wie war dein Wochenende?

Ganz gut, sagt sie.

Ganz gut. Was heißt das schon? Aber wie kann sie ihm erklären, wie das war, ihre Schwester zu sehen mit dem Schweden. Wie der Christa behandelt hatte. Wie er sie beturteilte und im nächsten Moment beleidigte. Mit einem Lächeln, sodass sie anfangs gar nicht merkten, was er tat. Wie er sie und David zu Komplizen machte. Wie Christa sie manchmal fragend ansah, bevor sie einen Satz beendete. Dass er Christa malen wolle, sagte er, sie in Stein meißeln. Dass er sich, als er sie das erste Mal gesehen habe, genau das vorgenommen habe. Diesen Moment einzufangen. Dieses Gesicht, das noch nicht alt sei. Aber bald. Das Blühen bereits ein Verblühen. Christa hatte gelacht und gesagt: Danke auch. Und der Schwede hatte sich mit übertriebener Verwunderung an Anne und David gewandt. Ob die Eitelkeit nicht schweigen müsse vor der Kunst? Er hatte deutsch mit einem deutlichen Akzent gesprochen, archaische Worte benutzt: Ross, hurtig, Knabe,

Weib. Als habe er sein Deutsch aus den Klassikern gelernt. Vollkommen verrückt, sagte David, als sie endlich alleine waren. Und Anne sagte: Ihre Männer werden immer schlimmer.

Bei mir war es auch gut, sagt Tristan. Ein bisschen langweilig vielleicht. Aber erholsam.

Er reicht ihr ein paar Blätter. Informationen zu beiden Berufen. Sie blättert darin, liest einzelne Worte, einen halben Satz. Fängt einen Abschnitt an, hört wieder auf. Legt die Blätter auf ihren Schoß.

Ich glaube, sagt sie, das Makeln interessiert mich mehr.

Tristan nickt. Habe ich mir gedacht. Dann pass mal auf – er nimmt einen Block hervor und schreibt einen Namen auf das oberste Blatt –, ich rufe morgen eine Freundin von mir an, sie ist Maklerin, und frage sie, ob sie dich ein paar Mal mitnimmt. So kannst du sehen, ob es dir gefällt. Einverstanden?

Ja, sagt Anne. Gut.

Eine Freundin, denkt sie. Was für eine Freundin? Als ob das eine Rolle spielt. Auch wenn da eine Sympathie ist, warum nicht. Als sie sein Gesicht heute wiedersah, war sie verblüfft, dass sie es sich nicht hatte vorstellen können. Ein schönes Gesicht. Alles so klar konturiert: die dunklen Augen und dichten Brauen. Die kräftige Nase. Die geschwungenen Lippen. Ein offenes Gesicht, ganz ohne Geheimnis.

Anne, sagt Tristan, und sie sagt: Ja.

Ich habe gefragt, ob es dir diese Woche schon recht ist. Oder ob du lieber noch warten willst.

Nein, sagt sie. Diese Woche wäre gut.

Wenn es dir gefällt, sagt Tristan, könntest du später auch noch eine Art Studium dranhängen. Irgendwann einmal. Ein Fernstudium.

Er tippt etwas in seinen Computer, dreht den Bildschirm so, dass Anne ihn sehen kann. Das Foto eines jungen Mannes in dunklem Anzug. Nadelstreifen. Ein Bart, der nur das Kinn bedeckt. Christian Feder informiert Sie zusammen mit kompetenten Co-Autoren über alle Neuigkeiten in der Immobilienbranche.

Hier steht, dass die Ausbildung rund eineinhalb Jahre dauert, sagt Tristan. Der Vorteil wäre, dass das alles von zu Hause aus geht. Wegen deiner Tochter. Er dreht den Bildschirm wieder zurück. Sagt: Wie teuer das ist, finde ich noch raus.

Er lächelt, dann verschwindet sein Lächeln, macht einem besorgten Gesichtsausdruck Platz. Alles klar, Anne?

Sie hat eine Hand an die Stirn gelegt. Sie sagt, gib mir einen Moment, und er sagt: Auch viele.

Aus seinem Jackett holt er ein Taschentuch hervor, legt es vor sie hin. Aber sie muss nicht weinen. Ihr ist ein Bild in den Sinn gekommen. Der Schwede, der sich in seinem Sessel zurücklehnt. Die Hände vor der Brust verschränkt. Sich räuspert, bevor er spricht. Dass David und Anne also ihre Tochter verloren hätten. Die jüngere noch dazu. Er sagt es sehr nüchtern, wie ein Arzt bei der Anamnese. Das, sagt David, sei nichts, worüber sie reden wollten. Der Schwede nickt. Spricht trotzdem weiter. Dass Verdrängung sich nur gegen sie selbst wenden würde. What goes around comes around. Aber er verstehe natürlich: noch kenne man sich kaum.

Sie begleitete die Gäste nicht zur Tür. Täuschte Kopfschmerzen vor. Die sie dann wirklich bekam. Davids Stimme im Flur. Christa, die noch einmal nach oben rief: Gute Besserung! Dann hörte sie David die Stufen zum Schlafzimmer hochkommen. Sah, wie er die Tür öffnete. Verschwommen, als sei er eine Figur in Aspik. Unmöglich zu erklären, wie das war: David anzusehen und plötzlich zu wissen, egal wie sehr sie ihn auch liebt, irgendwann stirbt er doch.

Tristan fragt: Kann ich etwas tun?

Sie schüttelt den Kopf. Der Vogel an der Wand. Der Computer, der ein schwaches Sirren von sich gibt, wie ein winziges Insekt. Die antiken Schlüssel, von Rost überwuchert. Ganz kurz das Gefühl zu taumeln. Ins Leere zu treten. Unterzugehen. Dann Tristans Hand auf ihrem Arm. Warm, nicht schwer.

Es war einfach, sagt sie, ein furchtbares Wochenende.

Sie sieht ihn an.

Tristan erwidert ihren Blick. Ich weiß, was du meinst, sagt er.

Julia sagt: Sie wollen also Maklerin werden.

Es ist eine Feststellung, keine Frage. Sie gibt Anne die Hand, mustert sie kurz, dann lächelt sie. Sie führt sie durch das Büro, stellt ihr die Sekretärin vor, den Lehrling. Zeigt ihr die Website der Agentur: die Häuser und Wohnungen nach Preisklasse gestaffelt. Aus einem Ordner holt sie zwei mehrseitige Listen. Die Kunden, die ein Haus suchen, und die, die eins verkaufen wollen.

Es ist wie eine Partnervermittlung, sagt sie. Man muss sie ernst nehmen. Sie müssen zueinander passen.

Am besten ein Leben lang?, fragt Anne, und Julia sagt: Na, das nicht unbedingt.

Das junge Paar, das bereits vor dem Haus steht, als sie ankommen, hat ein kleines Kind dabei, einen Jungen von etwa zwei Jahren mit braunen Locken und einem runden Babymund.

O je, sagt Julia und blinkt, um am Straßenrand zu parken. Mit Kindern ist es immer heikel. Die werden müde, langweilen sich, maulen.

Sie nimmt die Parkscheibe aus dem Seitenfach, stellt die Uhrzeit ein.

Sind wir zu spät?, fragt sie, und Anne schaut auf ihre Uhr und sagt: Nein, genau richtig.

Sie nehmen das Auto des Paares, wegen des Kindersitzes. Der Kleine zeigt aus dem Fenster, er benennt alles, was er sieht: Kuh, Pferd, Baum, Vogel. Mann. Kind. Auto. Auto. Auto. Anne sitzt neben ihm und zeigt ihm, was sie sieht: Das handgemalte Schild einer Strandbar, einen Mann, der seinen Hut festhält, einen Leuchtturm, der nicht leuchtet.

Das ist Haus Nummer eins, sagt Julia, als sie vor einem niedrigen Bungalow aus hellbraunen Steinen halten. Keine qualitative Nummerierung, versteht sich, nur eine logistische.

Sie lächelt breit, als sie die Tür aufhält und die anderen vorausgehen lässt. Seitdem sie das Paar getroffen haben, ist sie jovialer, weniger barsch. Anne weiß nicht, welche Julia ihr lieber ist: die ruppige oder die charmante. Sie weiß nur, dass sie den Wechsel nicht mag, diesen plötzlichen Umschwung.

Das Haus ist groß, aber alle Zimmer außer dem Wohnzimmer sind klein. Kassettendecken, die Türen aus dunklem Holz, der Fußboden weißer Marmor, glatt und glänzend wie eine Eisfläche.

Die Bewohner, erklärt Julia, sind vor einem Monat ausgezogen.

Sie holt eine Karteikarte aus ihrer Tasche. Sieben Zimmer, sagt sie, eine moderne Küche. Alles vor einigen Jahren renoviert. Alles unterkellert. Zentralheizung.

Sie nennt einen Kaufpreis, der offenbar im Rahmen der Möglichkeiten liegt, denn der Mann nickt. Der kleine Junge läuft von einem Fenster zum anderen und zeigt in den Garten. Auf der Wiese vor der Terrasse steht ein Brunnen aus weißem Stein. Eine Ente darauf. Wasser speiend, als sei ihr ständig übel.

Den kann man natürlich entfernen, sagt Julia.

Der ist doch schön, sagt die Frau und Julia sagt: Na, umso besser.

Das zweite Haus ist ein kleines Backsteinhaus mit einem Reetdach, das weit hinunter reicht. Der Vorgarten eingefasst von einem weißen Holzzaun, neben dem Eingang eine Birke mit schwarz geflecktem Stamm.

Hier wohnt noch jemand, sagt Julia. Eine Frau, alleinstehend. Sie sollte, sagt sie, während sie klingelt, nicht da sein, aber man weiß ja nie.

Als niemand öffnet, schließt sie die Tür auf. Von der Diele kann man ins Wohnzimmer sehen. Blau-gelb gestreifte Sessel. Ein Porzellanhahn auf der Fensterbank, ein Glastisch, gestützt von einer steinernen Figur. Atlas oder Herkules, denkt Anne. Vielleicht auch keiner der beiden. Die Fenster sind bis zur halben Höhe von Vorhängen verdeckt. Weiße Rüschen, leicht wie Brautschleier. Im Wintergarten stehen Plastikstühle mit bunten Polstern. Auf der Bettwäsche gelbe Sterne und Monde. Wie die Bettwäsche eines Kindes.

Hier müsste man, sagt Julia, einiges machen. Auf jeden Fall streichen. Und vielleicht den Teppich erneuern.

Die Frau gibt dem Mann das Kind, geht ins Bad, das an das Schlafzimmer anschließt, ruft: Eine runde Badewanne! Die Möbel, sagt sie, als sie aus dem Bad kommt, muss man sich halt wegdenken.

Ja, sagt Julia, die sollten Sie auf jeden Fall ignorieren.

Sie holt eine neue Karteikarte hervor, nennt dem Paar die Angaben zum Haus. Das Baujahr, die Wohnfläche, die des Grundstücks. Der Kaufpreis, der höher ist als der vom ersten Haus. Auf der Kommode hat Anne einige Fotografien entdeckt. Schwarzweiß-Bilder in verschnörkelten Rahmen. Ein Hochzeitsfoto, das offenbar die Eltern oder Großeltern zeigt. Eine Frau, das Kinn auf die Hände gestützt, schaut ernst in die Kamera. Das Foto einer dreifarbigen Katze. Es ist Anne plötzlich unangenehm, in diesem Haus zu sein. So nah bei einer Frau, die sie nicht kennt. Und die ihr wehrlos erscheint gegenüber Julias Verachtung.

Sie sehen noch drei andere Häuser an. Jedes Mal nennt Julia die Vorzüge und direkt danach die Nachteile. Große Räume, hell, sagt sie zum Beispiel, aber der Blick aus dem Fenster ist nicht eben berauschend. Oder: Direkt um die Ecke liegt die Grundschule. Dafür ist der Vorgarten etwas klein. Das Kind wird müde, fängt an zu weinen, wie Julia es vorausgesagt hat. Die Mutter nimmt es auf den Arm, streicht ihm über den Rücken, summt leise. Im letzten Haus treffen sie den Besitzer an, einen dünnen Mann mit grauem Bart. Er lässt es sich nicht nehmen, sie selbst herumzuführen. Im Schlafzimmer zieht er die Tagesdecke glatt. Ein Brokatkissen auf dem Bett, an der Wand zwei tönerne Engel, auf jeder Seite einer. In der Küche hängt ein gestickter Bibelspruch: Alle eure Dinge lasset in Liebe geschehen. Ich ziehe nicht gern aus, sagt er. Aber ohne meine Frau ist das Haus zu leer.

Auf dem Weg zum Auto sagt Julia leise zu Anne: Das ist immer schlecht, wenn der Besitzer da ist. Vor allem, wenn er traurig ist.

Auf der Fahrt fragt sie, ob ihnen etwas gefiel. War etwas

dabei, was in Frage kommt? Ja, sagt der Mann, das erste und das letzte Haus. Er sieht seine Frau an. Oder? Ja, sagt sie, ich glaube auch.

Ich habe, sagt Julia, noch vier weitere Objekte, die könnten wir uns morgen anschauen. Aber ich kann auch schon mal nachfragen, ob sich bei den beiden Häusern im Preis was machen lässt.

Gut. Die Frau nickt. Machen Sie das.

Das Kind ist in seinem Sitz eingeschlafen. Der Vater nimmt den Sitz vorsichtig heraus, trägt ihn zum Haus. Ruft leise: Auf Wiedersehen. Die Frau gibt Julia und Anne die Hand. Winkt ihnen hinterher, als sie abfahren.

Und?, fragt Julia, und Anne sagt: Es war interessant. Auch seltsam. Interessant und seltsam.

Ja, sagt Julia, genau das ist es.

Sie lacht kurz und dreht das Radio an. Anne sieht in das Auto, das neben ihnen an der Ampel steht. Ein junger Mann sitzt darin, lange braune Locken. Er singt, sieht sie nicht an. Klopft mit den Händen den Takt auf dem Lenkrad. Am Rückspiegel hängt eine Kette aus weißen Steinen oder Perlen. Die hinteren Scheiben des Autos sind so dunkel, dass alles dahinter passieren könnte. Zum Beispiel die Liebe. Oder ein Mord. Vielleicht, denkt Anne, hören wir jetzt das gleiche Lied wie er.

Sie fragt, kann ich morgen noch mal mitkommen?, und Julia sagt: So oft du willst.

Was, fragt Anne, hast du heute vor?

Karen zuckt mit den Schultern, nimmt ihre Tasse in beide Hände und trinkt einige Schlucke, bevor sie antwortet. Sie ist gestern Nachmittag angekommen. Anne und David haben sie am Flughafen abgeholt. Vor dem Abendessen hat sie Geige geübt, für einen Moment war es wie früher. Ob sie sich einsam fühlt in Antwerpen? Anne weiß es nicht. Die Zeiten, in denen Karen ihren Rat suchte, scheinen vorbei. Auch wenn sie viel erzählt. Von den Lehrern am Konservatorium, der seltsamen Sprache, die man schnell verstehen und lange nicht sprechen kann. Von den Orchesterproben, den mal neurotischen, mal freundlichen Dirigenten, den zwei einander hassenden Trompetern, dem unzuverlässigen Flötisten. Der denkt, er bleibt unentdeckt, aber da täuscht er sich, sagt Karen. Die beobachten ihn und schweigen und laden einen Flötisten nach dem anderen zum Vorspiel ein. Sie selbst hat einen Fleck am Hals, ein rotes Mal, das von ihrem Fleiß zeugt, ihrem Ehrgeiz.

Vielleicht treffe ich Silke. Karen reibt sich die Augen, gähnt. Oder Thea.

Silke und Thea. Ihre Freundinnen seit Kindheitstagen. Silke, die mit siebzehn auszog, die Schule trotzdem beendete. Die ein Studium auf dem Festland anfing, es nach einem Jahr abbrach und zurück auf die Insel kam. Wo sie was macht? Anne weiß es nicht. Vielleicht nichts. Vielleicht wartet sie einfach darauf, dass sich etwas verändert. Dass etwas passiert und sie nur noch Ja sagen muss: Ja, danke. Und Thea, die eine Ausbildung zur Physiotherapeutin macht. Die sanfte Thea, die nie laut wird, selbst wenn sie wütend ist. Die früher so schüchtern war, dass sie schon errötete, wenn sie grüßen musste. Die Schneckenhäuser wieder zusammenklebende Thea. Thea, die Yolanthe als erste Yola nannte. Was dann hängenblieb.

Yola. Yola. Yola. Eine Stadt in Nigeria. Ein altenglischer Dialekt. Aber eigentlich: das Veilchen. Die blumenblauen

Augen, die nach einem halben Jahr plötzlich dunkelgrün wurden.

Wollen wir ein bisschen spazieren gehen? Den Deich entlang, runter ans Meer?

Klar, sagt Karen, warum nicht. Sie streichelt dem Hund über den Kopf, nimmt sich eines der Brötchen aus dem Korb. Beißt hinein, bevor sie es aufschneidet. Sagt: Solche Brötchen gibt es nur hier.

Der Himmel über dem Deich ist bleiern und schwer. Die Schafe stehen bewegungslos mit gesenkten Köpfen, nur die Lämmer springen umher. Die ganze Insel liegt wie unter einer Glasglocke, der Wind sammelt sich für den bevorstehenden Sturm. Im Laufe des Nachmittags soll er beginnen. Aber vor Sonntagabend abebben.

Keine Sorge, sagt Anne, dein Flug wird bestimmt nicht gestrichen.

Sie gehen den Deich entlang, die kürzere Strecke. Der Hund läuft neben ihnen und würdigt die Schafe keines Blickes.

Sieh mal, sagt Karen und zeigt auf das Watt hinaus. In einiger Distanz kann Anne einen großen Vogel sehen. Vorsichtig hebt er eines seiner langen dünnen Beine. Setzt es langsam und wie mit Widerwillen gegen den sumpfigen Grund wieder ab. Sieht sich misstrauisch um und stößt schließlich seinen Schnabel verachtungsvoll in den Morast.

Ein Reiher, sagt Anne. Hat sich wohl verirrt.

Vom Deich herunter. Vorbei an den Ferienhäusern, der Bäckerei mit ihrem verlockenden Duft bis auf den Gehweg hinaus. Auf der Landstraße der Flughafenbus mit den gelben Flugzeugen auf blauem Grund. Den Waldweg entlang, der Hund plötzlich in Jagdpositur, ein Bein angewinkelt, die

Nase in der Luft, dann läuft er weiter, schnüffelt ausgiebig an den Büschen und Bäumen. Und irgendwann die Dünen, der nachgiebige Sand, der Strand.

Das, sagt Karen, vermisse ich schon.

Die Wellen übertönen fast ihre Stimme. Sie legt beide Hände auf die Ohren, bewegt sie leicht.

Früher dachte ich, dass es nur in Muscheln rauscht. Das Meer darin, du weißt schon. Sie lacht. Irgendwann hielt ich mir mal eine Tasse ans Ohr.

Und?, fragt Anne.

Das Gleiche, sagt Karen. Ganz genau das gleiche Rauschen.

Ein Frachter, beladen mit rostroten Containern, gleitet sehr langsam über das Meer. Über die Anemonen, den Sand, die Fische hinweg. Bemerkenswerte Fische, denkt Anne. Schimmernd und glubschäugig und urzeitlich. Fische, die ihr Angst machen, wenn sie um ihre Beine streichen. Wenn sie sie durch das Glas der Taucherbrille sieht, wie sie geradewegs auf sie zu schwimmen und ihr dann ohne jede Mühe ausweichen.

In Antwerpen gehen wir auch manchmal ans Wasser, sagt Karen, als sie zurück zu den Dünen laufen. Erinnerst du dich an die Promenade am Fluss?

Ja, sagt Anne, mit dieser uralten Rolltreppe und dem Fußgängertunnel.

Karen nickt. Abends ist es schön da, sagt sie. Und manchmal riecht es wie am Meer.

Sie hat sich bei ihrer Mutter eingehängt, sieht sie nicht an. So nah neben ihr bemerkt Anne das Stocken in Karens Gang. Sie hatte es fast vergessen, diese winzige Verzögerung zwischen dem Jetzt und Gleich, dem Hier und Dort. Mit elf

Jahren hatte Karen sich bei einem Skiunfall das Bein gebrochen. Hinkte noch, als das Bein längst verheilt war. Dann verschwand auch das, tauchte nur noch selten auf. Beim Rennen oder auf unebenem Boden.

Wir?, fragt Anne. Wer ist wir?

Was?

Du hast gesagt: Wir gehen ans Wasser. Wer ist das? Du und wer?

Der Ton ist falsch, denkt Anne. Als ob ich ein Recht hätte, das zu erfahren. Als ob sie mir etwas schuldig sei. Ein Geständnis oder eine Neuigkeit.

Sie fragt: Bin ich zu neugierig?

Nein, sagt Karen. Sie sieht sie an, grinst. Na, vielleicht doch. Aber da gibt es nichts zu erfahren, weißt du. Wir: ein paar Freunde, ich, eine Freundin. Niemand, dessen Namen du dir merken müsstest.

Sie hat Anne losgelassen, fragt jetzt: Enttäuscht?

Anne schüttelt den Kopf. Darum geht's ja auch nicht. So lange es dir gut geht.

Ja, sagt Karen. Doch. Sie sagt: Besser zumindest.

Sie haben das Ende der Dünen erreicht und gehen am Strandhotel vorbei, das verlassen daliegt. Die Fenster stahlgrau von den Wolken, die Fahnen im Vorgarten träge und schlaff. Ein Auto fährt im Schritttempo an ihnen vorbei, ein Sportwagen, der Aufkleber eines Golfclubs neben dem Rücklicht. Anne kann einen winzigen Mann erkennen, der einen Golfschläger über dem Kopf hält. Dem Ball hinterherschaut. Darüber der Name des Clubs.

Ich hab so oft gedacht, dass es meine Schuld war, hört sie Karen sagen. Hast du das nie gedacht? Sei ehrlich, hast du bestimmt auch.

Bevor sie etwas sagen kann, spricht Karen weiter.

Ich meine, ich hatte versprochen, nach ihr zu schauen. Ihre erste richtige Party. Sie war die Jüngste, weißt du. Ich glaube, sie fand's schrecklich. Aber ich habe mich nicht darum gekümmert. Ich weiß noch, dass ich sie rumstehen sah, eine Cola in der Hand, und dieser Blick – erinnerst du dich an ihren Blick, wenn sie sich unwohl fühlte? Dieses unsichere Lächeln, das sie einfach nicht abstellen konnte und das mich verrückt gemacht hat, wirklich verrückt? Ich sah sie da stehen und dachte: Selbst schuld, warum wolltest du auch unbedingt mitkommen? Nett, was?

Sie lacht spöttisch und wehrt Annes Hand ab.

Ist auch egal. Das ändert alles nichts. Es ist nur so, dass ich im letzten Jahr den Kopf nicht frei hatte für irgendwas. Oder irgendwen. Dafür habe ich viel geübt. Sie schnaubt kurz. Singt leise: Fideldum, fidelda, was spielt das Kind so wunderbar.

Sei nicht so, sagt Anne. Sie kann kaum sprechen. Sieht Yola vor sich: ihr Lächeln, das wirklich seltsam war, das Gegenteil von einem Lächeln eigentlich. Oder die Quintessenz davon – die Bitte um Schonung und Nachsicht. Wann hatte das angefangen, diese Unsicherheit? Mit elf, zwölf Jahren, mit Einsetzen der Pubertät? Sie erinnert sich an Yolas grundloses Weinen, ihren Hass auf alles, was sich an ihr veränderte, die großen Füße, die unreine Haut, die Brüste. Ich schneid sie ab, hatte sie einmal gedroht, als sie in der Badewanne saß und Anne am Waschbecken stand. Sie hatte die Hände auf ihre winzigen Brüste gelegt, sie verborgen wie zwei Schandmale. Anne hatte gelacht, Yola irgendwann auch.

Und Karen vor ihrem Bett, nachts um zwei. Die Angst in

ihrem Gesicht. Es geht um Yola. Sie ist nicht da. Aber hier stehst du doch, dachte Anne. Als ginge das nicht: die eine ohne die andere. Als wäre das das eigentliche Problem.

So *wie?*, fragt Karen, und Anne sagt: So zynisch. Das steht dir nicht.

Auf der anderen Straßenseite kommt ihnen ein Mann entgegen, ein kleines Kind auf dem Arm. Im Näherkommen winkt er ihnen zu und Anne erkennt den Mann von den Hausbesichtigungen wieder. Sie winkt zurück, sagt beiläufig zu Karen: Ein Kunde.

Ein was?, fragt Karen ungläubig, und Anne erzählt von den Hausbesichtigungen, ihren ersten Versuchen als Immobilienmaklerin. Als Assistentin einer Maklerin, verbessert sie sich. Dass sie Spaß daran habe, erzählt sie, und dass sie es manchmal unmöglich finde: dieses Eindringen in private Räume, diese Begutachtung fremder Leben. Und dann wieder das Gefühl, etwas Sinnvolles zu tun, Menschen zusammenzubringen, die durch sie glücklicher würden, zufriedener. Dass sie manchmal Lust hätte, selbst ein neues Haus zu kaufen – ein kleineres –, eins, in dem sie neu anfangen könnten, sie und David und Karen.

Ich bin ja kaum noch hier, sagt Karen.

Trotzdem gehörst du doch dazu!

Ja, sagt Karen geduldig, klar.

Ist das normal, dass man so bedürftig wird?, denkt Anne.

Karen ruft den Hund, der gemächlich wedelnd auf sie zugelaufen kommt und sich gleichmütig an die Leine nehmen lässt.

Hier fahren zu viele Autos, erklärt sie. Sie seufzt kurz.

Anne sieht sie von der Seite an, ihr Profil mit der eher kurzen Nase, die Haare, die ihre Wange halb verdecken. Sie sieht hübsch aus, niemandem ähnlich. Am ehesten noch Davids Großmutter, auf den zwei, drei Fotos, auf denen sie jung ist, noch keine Großmutter, nicht einmal Mutter.

Vor einem großen reetgedeckten Haus bleibt Karen stehen.

Ich glaube, ich klingle mal rasch, sagt sie und Anne erkennt das Haus von Silkes Eltern wieder.

Ja, sagt Anne, mach das.

Wenn sie nicht da ist, hole ich dich ein, sagt Karen. Ansonsten sehen wir uns mittags.

Als Anne nach Haus kommt, sitzt David im Sessel, die Füße auf einem Hocker, in der Hand ein Buch, das schon seit Wochen auf dem Nachttisch lag.

Tristan hat angerufen, sagt er. Klingt nett. Irgendwie nasal. Aber nett.

Nasal? Wäre mir nicht aufgefallen.

Achte mal darauf, sagt David und schlägt das Buch zu, nachdem er die Ecke der Seite umgeknickt hat. Ich habe gesagt, du seist unterwegs. Aber du würdest zurückrufen.

Er macht eine Pause, nimmt die Brille ab und fährt sich mit dem gekrümmten Zeigefinger über die Augen.

Er hat gesagt, das wäre toll.

David betont das letzte Wort so sehr, dass es albern klingt.

Es schien ihm wirklich wichtig zu sein, sagt David.

Unsinn, sagt Anne.

Wenn ihr jemand zusehen würde, könnte er sehen: wie sie die Schuhe auszieht, den Mantel aufhängt, sich selbst im Spiegel betrachtet, ganz kurz nur und mit skeptisch gehobenen Brauen. Nichts zu sehen von der Aufregung.

Ich ruf zurück, sagt sie. Später irgendwann.

Sie sitzen in einem Restaurant am Nordhafen. Sie könnte ihm sagen, dass sie das Restaurant noch nie gesehen hat, zumindest ist es ihr nie aufgefallen. Das ist komisch, könnte sie sagen, nach zwanzig Jahren auf der Insel müsste man doch alles kennen. Jede Bar, jedes Restaurant, jede kleine Kneipe. Aber sie sagt nichts. Sieht in ihre Karte. Vorspeisen, Fleisch, Fisch, Desserts. Der Kellner schlendert so gemächlich zwischen den Tischen umher, als sei er unter Freunden.

Und? Tristan sieht sie fragend an. Was nimmst du?

Sie zieht ein ratloses Gesicht. Keine Ahnung. Der Kellner schaut kurz herüber und sie schüttelt ganz leicht den Kopf.

Such du mir etwas aus, sagt sie.

Gut, sagt Tristan. Er ist nicht verwundert über ihren Vorschlag. Sagt nur noch: Und du mir.

Dann winkt er den Kellner heran.

Beim Essen muss sie sich Mühe geben. Langusten. Das ist eine gemeine Wahl. Die sperrigen Tiere, das mühsame Auseinanderbrechen der Schalen, die Hände immer wieder an der Serviette abwischen, der Versuch, manierlich zu essen, aber wie, wenn nicht mit den Händen? Während er das Fleisch mit Messer und Gabel zerteilt und manchmal einen Schluck aus dem Weinglas nimmt. Sie entfernt konzentriert eine weitere Schale, zieht den weißen Leib vorsichtig heraus, beißt ein Stück ab. Das Restaurant ist inzwischen fast leer. Nur an einem Vierertisch sitzen noch zwei Männer und eine Frau. Manchmal beugt sich die Frau zu dem einen Mann, manchmal zum anderen. Sagt etwas, leise, aber nicht flüsternd, sodass der andere es auch hören kann. Verteilt ihre Aufmerksamkeit großzügig und gerecht. Ihr Lachen füllt den Raum, und die Männer stimmen ein. Anne stellt sich vor, dass die Männer Freunde sind. Dass sie beide die Frau lieben.

Die irgendwann, schon bald, wieder aus ihrem Leben verschwinden wird, so rasch wie sie darin aufgetaucht ist, und die beiden zurücklässt, die dann immer noch Freunde sind. Männer können so was, denkt Anne. Sie weiß nicht, ob sie das mag.

Wie sind die Langusten?, fragt Tristan, und Anne sagt, lecker, und hält ihm ein Stück entgegen, das er ihr aus der Hand nimmt und sich in den Mund steckt.

Willst du das Fleisch probieren?

Sie nickt, öffnet den Mund, lässt sich füttern wie ein Vogeljunges. Sie spürt, wie ihr die Röte über den Hals kriecht, und nimmt rasch einen Schluck Wein. Lächelt kurz, sieht dann an Tristan vorbei, als müsse sie sich auf etwas besinnen. Die großen Fenster des Restaurants geben den Blick frei auf den Hafen, auf die lautlosen Bewegungen der Schiffe und Boote. Zwei Fischer in gelben Gummihosen picken die letzten Fische aus dem Netz und werfen sie auf den silbrig schimmernden Haufen in ihrem Kutter. Eine Horde Kinder, alle in gestreiften Hemden, mit roten Tüchern um den Kopf und einem Säbel am Gürtel, klettern eilig auf das Piratenschiff, das hier zweimal die Woche in See sticht. Ihnen hinterher ein Mann mit Dreispitz und Knickerbockern. Er schwenkt eine Fahne mit einem Totenkopf. Anne erinnert sich, wie Karen und Yola vor Jahren gemeinsam die Fahrt gemacht haben. Wie Yola aufgeregt erzählte, von der Schatztruhe, dem Seilziehen, vom Holzbein-Wettlauf, den Seemannsknoten. Und wie Karen, unschlüssig, ob sie nicht schon zu alt für all das war, bloß grimmig lächelte und ihre kleine Schwester manchmal verbesserte.

Wie war das noch mal, fragt Anne. Du hast nur ein Kind, oder?

Tristan schüttelt den Kopf. Eine Tochter noch, sagt er. Aber sie ist viel jünger. Er überlegt kurz. Im nächsten Monat ein Jahr.

Oh. Anne räuspert sich. So klein noch.

Sie lebt mit ihrer Mutter auf dem Festland. Ich sehe sie jedes zweite Wochenende.

Anne ist überrascht, auf eine Weise verletzt, die ihr selbst nicht einleuchten will. Vielleicht später, denkt sie. Vielleicht verstehe ich das nachher. Sie nickt, aber er muss ihr die Verwirrung angemerkt haben, denn er beugt sich über den Tisch und erklärt: Ich kenne ihre Mutter kaum. Meine Frau ist bei mir geblieben. Verziehen hat sie mir wohl nicht. Aber sie ist geblieben.

Er sieht sie abwartend an, und Anne sagt: So ist das manchmal. Sie zuckt mit den Schultern. Manchmal muss das reichen. Oder?

Ja, sagt Tristan, manchmal schon.

Der Kellner kommt an ihren Tisch. Stellt die Teller ineinander, legt das Besteck auf den obersten Teller. Er zieht die Stirn kraus, blickt kurz auf seine Fingernägel, dann über ihre Köpfe hinweg. Fragt gelangweilt: Dessert?

Als er seinen Kaffee umrührt, fragt Tristan: Alles klar?

Ja, sagt Anne, natürlich.

Sie wartet, bis er einen Schluck Kaffee nimmt. Sagt dann: Du hast noch gar nicht nach dem neuen Job gefragt. Ich meine, ist das nicht der Grund, warum wir hier sind?

Doch. Auch. Tristans Stimme klingt überrascht und ein wenig belustigt. Also wie ist das Maklerleben?

Gut. Sie macht eine Pause, legt sich die Worte zurecht. Es ist schön und ein bisschen schrecklich. Ich weiß nicht, ob ich wirklich Talent dazu habe. Aber man lernt viele Leute .

kennen. Kann ihnen manchmal tatsächlich das zeigen, was sie suchen. Das gefällt mir.

Sie sieht ihn an, lächelt aufmunternd. Ich danke dir. Du warst mir wirklich eine große Hilfe.

Gern geschehen, sagt Tristan förmlich. Sie kann den Spott in seiner Stimme hören, aber sie beschließt, das zu ignorieren.

Darf ich dich einladen?, fragt sie, und Tristan sagt artig: Aber bitte. Danke schön.

Als sie vor die Tür des Restaurants treten, regnet es. Winzige Tropfen, ohne Unterlass. Nieselregen. Sprühregen. Am Himmel ausgedehnte Wolken wie ein Nebelteppich. Aber hier unten alles klar, scharf umrissen, glänzend.

Wo steht dein Auto?, fragt Tristan. Er läuft neben ihr her, die Hände in den Hosentaschen. Am Auto sagt sie: Also. Sie nickt abschließend, und er sagt: Lass mich kurz rein, bevor ich ganz durchnässt bin.

Sie steckt den Schlüssel ins Zündschloss, dreht ihn aber nicht. Im Spiegel ihr Haaransatz, immer noch schwarz, aber von weißen Haaren durchzogen. Er sitzt neben ihr, sieht aus dem Fenster. Seine Hände liegen auf seinen Oberschenkeln, es sieht aus, als halte er sich davon ab, wegzulaufen.

Soll ich dich zu deinem Auto fahren?

Er schüttelt den Kopf.

Sie sieht auf die Uhr und sagt, so spät schon, aber bevor sie weiterreden kann, sagt er: Hör auf.

Er sieht sie nicht an, nimmt eine ihrer Hände, legt sie sich aufs Gesicht. Die Scheiben beschlagen, in wenigen Minuten wird all das verschwunden sein: die anderen Autos, der Hafen, die Alte Säulenhalle, in der heute Stände mit Essen und Kleinkunst aufgestellt sind, der Himmel. Sie versucht kurz, ihm ihre Hand zu entziehen. Dann gibt sie nach, überlässt sie ihm. Spürt seine Lippen an ihrer Handfläche, an ihren Fingern, seine Zunge, die Wärme seines Atems, die Kanten seiner Zähne.

Etwas Neues. Das hat er zu ihr gesagt: Nun habe auch er etwas Neues gewagt. Sie hat den Kopf geschüttelt: Für mich war es etwas Neues, für dich nicht. Er hat sie einen Moment lang verständnislos angesehen und dann gesagt: Du weißt, dass das Unsinn ist. Oder? Denn wenn du das nicht weißt –. Sie hat geblinkt, in den Rückspiegel geschaut, angehalten. Hier sind wir. Er hat noch einmal ihre Hand genommen, hat ihr mit der anderen Hand die Haare aus dem Gesicht gestrichen, sie auf der Wange ruhen lassen, kurz nur, nicht väterlich. Rufst du mich an? Vielleicht, hat sie gesagt. Bestimmt, als sie seinen Blick sah.

Jetzt liegt sie in ihrem Bett. Überlegt. Was ist das gewesen? Wann hatte es das das letzte Mal gegeben? Das Fremde plötzlich nah, ganz und gar ungeheuerlich, und die Unmöglichkeit, einfach aufzuhören. Als sie nach Hause kam, hatte sie Hunger. Suchte im Schrank nach Schokolade, fand eine halbe Tafel, aß sie auf. Um kurz nach fünf kam David nach Hause, einen dicken Ordner unter dem Arm, der Entwurf der Schulreform. Er sagte: Da habe ich mir was aufgehalst. Aber sie merkte, dass er nicht unglücklich war, die schlechte Laune nicht ganz echt. Sie kochten gemeinsam, Fleisch, Reis, Salat. Dann schauten sie Fernsehen, eine Spielshow, es ging um Tiere. Das Gewicht eines Elefantenbullen. Die Abstammung der europäischen Hauskatze. Die durchschnittliche Lebensdauer eines Regenwurms. Zwischen drei und acht Jahren. David sagte: Acht Jahre! Hättest du das gedacht?

Anne schaute auf den Fernseher. Ein Regenwurm im Schlamm, sein Weg durchs Erdreich mit leuchtend rosa Linien nachgezeichnet. Wie war das noch mal, wenn man ihn zerschnitt? Lebten dann zwei Teile weiter, entfernten sich gleichgültig voneinander? Oder war das nur ein Kinderglaube, Rechtfertigung für die kleinen Barbareien?

Sie kann Davids Atmen hören, die Geräusche, die er im Schlaf macht. Sie steht auf und geht ins Bad. Sieht sich im Spiegel an, hebt das Nachthemd hoch. Findet nicht schön, was sie sieht. Die Vorstellung, das einem Fremden zuzumuten. Das Geäderte, Dellige. Am Ende, denkt sie, bin ich nur aus Eitelkeit treu. Aber sie weiß, dass das nicht stimmt. Sonst wäre sie früher untreu gewesen.

Ein Kuss. Ein Kuss oder drei, fünf, siebzehn, eine kleine, nicht abreißende Serie von Küssen an einem Abend vor neunzehn Jahren. Sie waren damals seit zwei Jahren verheiratet gewesen, und sie hatte auf einer Feier neben einem Mann gesessen, mit dem sie trank. Rotwein, später Portwein, in winzigen Schlucken. David war bei Karen geblieben, kein Babysitter aufzutreiben, zumindest keiner, den Karen akzeptiert hätte. Sie kann sich kaum an den Mann erinnern. Weiß nur noch, dass sie seine Hände mochte. Die sie festhielten, im Hinterhof einer Pizzeria, als er sie nach Hause brachte. Hier?, hatte sie ungläubig gefragt, die raue Mauer im Rücken. Er hatte ihren Hals geküsst, ihren Mund, eine Hand in ihrem Nacken. Über seine Schulter konnte sie zwei Katzen zwischen den Mülltonnen sehen. Die eine sprang auf den Rand der Tonne, tauchte darin ab wie eine Ente im Teich, während die andere sich in einigem Abstand zu den Tonnen hinsetzte, die Pfote leckte, ungerührt, aber wachsam. Anne hatte lachen müssen, ihr fehlte der nötige Ernst.

Sie geht ins Wohnzimmer, macht den Fernseher an. Schaltet durch die Programme, bleibt bei einer Sitcom hängen. Rede und Gegenrede, Lacher aus dem Publikum oder vom Band, die bunte Kulisse, das amerikanische Wohnzimmer, gemütlich und ein bisschen schäbig. Wie sich alles regeln lässt. Wie das Leben immer weitergeht, mit seinen Höhen und Tiefen. Wie hinter allem das Komische lauert, die Tragik zurechtgezimmert auf menschliche Größe. In den Wochen nach dem Unfall hatte sie angefangen, diese Sendungen zu sehen. Während sich David in sein Arbeitszimmer einschloss, setzte sie sich vor den Fernseher. Legte die DVD ein, schaute zwei, drei Folgen hintereinander. Was sie damals nicht vertrug, war Davids Trauer: seine Hingabe daran, sein Versinken darin. Sie sagte: Mach was, leb das nicht so aus. Was soll ich machen, was nicht ausleben?, fragte er. Wir haben unsere Tochter verloren.

Am Ende war sie es, die etwas machte. Die bei der Polizei vorbeiging, einmal die Woche. Die sagte: Man muss den Schuldigen finden, man kann doch nicht einfach aufgeben. Die ockerbraunen Wände, ein Fahndungsplakat: *Gesucht wegen Banküberfall*. Auf der Theke, die die Polizisten von den Besuchern trennte, stand eine riesige Schale mit Bonbons, von denen nie jemand nahm. Daneben lagen Broschüren: Was zu tun sei nach einem Diebstahl. Ruhig bleiben, Vorfall melden, Karten sperren lassen, gegebenenfalls Schlösser auswechseln. Sie beschrieb David alles ganz genau, auch die Gesichter der Polizisten, mit denen sie sprach, jede Woche ein anderer, als sei sie eine lästige Pflicht, bei der man sich abwechseln muss. Aber immer höflich, mit einem Ausdruck von Mitgefühl, oder was sie dafür halten sollte. Einmal hatte sie eine Annonce geschaltet, hatte selbst nach Zeugen gesucht, nach einem Auto, vielleicht ein Geländewagen, mit verchromten Stoßstangen. Wir sind uns da ja gar nicht sicher, hatte der Polizist gesagt. Wir haben bloß keine Farbspuren gefunden. Drei Männer und eine Frau hatten sich gemeldet. Wollten in der fraglichen Nacht durch das Waldstück gefahren sein. Einer hatte ein Motorrad gesehen, das zu schnell fuhr. Nein, sagte Anne, kein Motorrad. Einer hatte einen Wagen gesehen, der im Schritttempo die Straße entlangfuhr. Mit eingeschaltetem Fernlicht. Was für ein Wagen?, fragte Anne. Ein Van, sagte der Mann. Oder ja, vielleicht auch ein Geländewagen. Das Kennzeichen hatte er sich nicht gemerkt. Ich hatte den Eindruck, der habe da etwas verloren, sagte er. Einer hatte den silbernen Sportwagen seines Nachbarn gesehen. Zu dem würde das passen: jemanden anfahren und abhauen. Er buchstabierte den Namen, die Adresse. Danke, sagte Anne und legte auf. Die letzte Anruferin wollte nur reden, hatte von dem Fall gehört. Sie hatte selbst früh ihren Bruder verloren, acht war sie da gewesen und vielleicht nicht ganz unschuldig, weil die Lungenentzündung, an der der Bruder starb, von einem Ausflug herrührte, den sie sich zum Geburtstag gewünscht hatte. Wandern im Januar. Im strömenden Regen. So ein Unsinn, sagte sie. Auf den Haushügel rauf, fast fünfhundert Höhenmeter, die Füße feucht vom Matsch, der Bruder immer vorneweg, als gelte es, was zu beweisen. Am Abend dann das Fieber, die rasche Verschlechterung seines Zustandes. Die Frau weinte leise. Seitdem sei sie nie mehr wandern gegangen, sagte sie.

Als Anne sich hinlegt, merkt sie, dass David wach ist. Sie sagt seinen Namen und er sagt ja. Habe ich dich geweckt? Nein. Er steht auf und sie kann hören, wie er ins Bad geht, das Wasser laufen lässt. Wie spät ist es?, fragt sie, als er wieder ins Zimmer kommt. Halb fünf. Er stellt sich vors Fenster, ein schwarzer Fleck im Grau des Morgens. Komm, sagt sie. Sie klopft auf die freie Stelle neben sich, und David wischt sich über das Gesicht. Presst sich kurz die Fingerspitzen auf die Augen, sie stellt sich vor, wie das pulsiert. Sie sagt noch einmal, komm, und er legt sich neben sie und macht leise pscht, als wollte er sie vom Sprechen abhalten. Sie legt ihren Kopf auf seinen Bauch, sie kann hören, was in ihm vorgeht, sie weiß, wie sich das anhört. Er muss dafür nicht reden. Was gäbe es auch zu sagen?

Endlich fängt es an zu schneien, endlich verwandelt die Insel sich. Die Straßen sind weiß und voller Licht. Es ist gut, am Morgen aufzustehen und etwas vorzuhaben. Durch den Schnee stapft Anne zum Auto, wischt die Scheiben mit einer Hand frei. Sie fährt in die Agentur, hängt die Jacke an die Garderobe. Nimmt sich einen Kaffee. Verabredet Termine mit Hausbesitzern, dem Fotografen, mit Suchenden, die sie oder Julia durch die Häuser und Wohnungen führen. Anders als Julia mag sie es gerne, wenn die Häuser noch nicht leerstehen. Wenn sie bewohnt sind und aussehen, als seien sie nur für einen Besuch zu haben. Auch wenn die Hausbesitzer da sind, mag sie das: weil sich dann alles zusammenfügt, Haus und Mensch und Leben.

An drei Tagen in der Woche ist sie in der Agentur. Mehr kann ich mir nicht leisten, sagt Julia, ohne zu lachen.

An Karen schickt Anne ein Paket. Zwei Schachteln Lebkuchen. Ein Foto vom Garten, die verschneite Wiese, die Sträucher, die wie mollige Gespenster aussehen. Eines vom Hund, der helle Kopf voll Schnee. Dazu ein Buch, das sie in Karens Regal gefunden hat, über einen Vampir, der Weihnachten feiert. Karen hat es als Kind geliebt, immer wieder zur Weihnachtszeit hat sie es mit der gleichen Begeisterung hervorgenommen. Sie wird sie sentimental finden. Und wenn schon, denkt Anne.

Die Schlange auf dem Postamt reicht bis auf die Straße hinaus. Anne unterhält sich mit der Frau vor ihr. Bietet ihr an, ihre Briefe mitzunehmen. Es reicht doch, wenn eine von uns warten muss. Die Frau überlegt einen kurzen Moment, sagt dann, danke, vielen Dank, und legt ihr die drei Briefe auf das Paket. Sie kramt nach ihrem Portemonnaie. Nein, sagt Anne, das geht schon. Sie sieht der Frau hinterher, die sich noch einmal umdreht und winkt. Wie sie die Straße entlangläuft, mit kleinen schnellen Schritten, die Stöße ihres schwarzen Mantels umflattern ihre Beine wie anhängliche Raben. Auf dem Heimweg schaut Anne in den Himmel, der so weiß ist, dass alles möglich scheint.

David sagt: Ich kann die Scherenschnitte nicht mehr sehen. Jedes Jahr die gleichen papiernen Eiskristalle an den Fenstern der Schulzimmer.

Besser als das Landeswappen aus Wollresten, sagt Anne.

Ja, und besser als die Scharen von Kastanienmännchen, sagt er. Trotzdem schlimm.

Am Nachmittag geht er zur Chorprobe. Süßer die Glocken. White Christmas. Oh du Fröhliche. Stille Nacht. Vor zwanzig Jahren, kurz nachdem sie auf die Insel gekommen waren, hatte er den Chor gegründet. Drei Frauen und zwei Männer. Heute hat er mehr als dreißig Mitglieder. Jedes Jahr absolvieren sie drei Auftritte: Ostern, Sommerfest, Weihnachten. Im vergangenen Frühjahr haben sie am Chorfestival am Gardasee teilgenommen und den sechsten Platz belegt. Von dreizehn Chören.

Nach dem Essen spült David und räumt die Küche auf. Dann legt er sich zum Hund auf den Boden, streichelt ihm das kurze Fell, entlockt ihm ein genüssliches Jaulen, indem er seine Ohren krault. Früher, als die Kinder noch klein waren, spielte David am Abend mit ihnen. Sie hatten den ganzen Tag darauf gewartet, eroberten ihn wie eine Burg, bestiegen ihn wie einen Berg.

Als das Telefon klingelt, sagt Anne: Ich gehe schon.

Wusstest du nicht, dass es das gibt?, fragt Tristan. Dass Dinge geschehen, gegen die wir uns nicht wehren können.

Du übertreibst, sagt sie.

Meinst du?

Sie spürt, dass sie ihm wehtun kann, und schweigt.

Für mich ist es nun mal so, sagt Tristan. Ich bin entflammt.

Er lacht leise.

Ist das ein Zitat?

Ja, sagt er, aber ich meine es auch so.

Vielleicht geht das einfach sehr schnell bei dir.

Und was war das dann? Das mit uns?

Nichts, sagt Anne. Nichts Wichtiges.

Wann sehen wir uns?

Du hörst nicht zu.

Ich rufe morgen wieder an.

Ja, sagt Anne. Ja, tu das.

Sie wartet, bis er aufgelegt hat. Dann legt auch sie auf.

Am Samstagnachmittag steht überraschend Christa vor der Tür. Eine Tasche am Arm, groß genug, um lange zu bleiben. Sie hat den Schweden verlassen. Es sei eigentlich nichts geschehen. Nur habe sie plötzlich gemerkt, was der tue. Wie der sie klein halte, sich wichtig nehme. Außerdem sei er verheiratet. Habe in Schweden fünf Kinder. Drei mit seiner Frau und zwei mit deren bester Freundin.

Die müssen da in ihrem Småland wie in einer Kommune gelebt haben, sagt Christa. Er als Häuptling der Sippe, umgeben von Kindern und Frauen und Elchen.

Sie bringt ihren Koffer in Karens Zimmer, bezieht das Bett neu. Dann geht sie ins Badezimmer, kommt mit frisch gewaschenem Gesicht zurück, die Haare in einen kurzen Pferdeschwanz gezwängt. Steht in der Küche herum, bis Anne ihr eine Tasse Kaffee auf den Tisch stellt und Setz dich sagt. Sie schaut Christa an, sieht sie für einen Moment als Kind vor sich, die gleiche blasse Haut, die gleichen hellen Augen, das herzförmige Gesicht. Während Anne in ihrer Jugend in einen ganz anderen Körper, ein ganz anderes Gesicht hineingewachsen war. Auch innerlich ist Christa sich gleich geblieben, denkt Anne. Immer noch hat sie keine Menschenkenntnis, nicht ein bisschen.

Ich würde gerne wissen, warum ich immer an die Falschen gerate, sagt Christa, und Anne muss kurz lachen, weil ihre Gedanken ineinanderpassen wie Puzzlesteine.

Weiß auch nicht, sagt sie.

Was mich am meisten ärgert, ist, dass ich immer so dumm bin, sagt Christa. Alle um mich rum wissen längst, was für ein Idiot der Mann an meiner Seite ist, nur ich bin noch beeindruckt.

Sie schüttelt den Kopf und einen Moment lang sieht es aus, als müsste sie weinen. Dann nimmt sie einen Schluck vom Kaffee.

Du warst halt verliebt, sagt Anne.

Sie ist froh, dass sie nichts gesagt hat. Keine Belehrungen

von sich gegeben hat, keine Schuldzuweisungen. Sie weiß, dass sie dazu neigt, und sie mag das nicht.

Aber es ist immer so, sagt Christa. Seit ich denken kann.

Sie runzelt die Stirn, als ärgere sie sich über sich selbst. Als fände sie das alles schrecklich und komisch zugleich.

Das einzig Gute ist, dass ich nicht leidensbereit bin. Keine masochistischen Neigungen, kein Helfersyndrom.

Sie pustet in den Kaffee, der inzwischen schon lau sein muss.

Einfach nur ein bisschen doof, sagt sie, nichts Schlimmes.

Als David in die Küche kommt, steht sie auf und umarmt ihn kurz.

Ich bin schon wieder da, sagt sie, und ich will diesmal ein bisschen bleiben.

Gut so, sagt David.

Wenn er irritiert sein sollte, lässt er es sich nicht anmerken. Anne spürt eine Woge der Zuneigung, die im Bauch ihren Anfang nimmt und ihre Brust flutet, ihren Hals, der davon eng wird.

Als sie im Bett liegen, sagt David: Hauptsache, der Schwede kommt nicht.

Nein, sagt Anne, der kommt bestimmt nicht.

Wir sollten, sagt David, als er sich schon von Anne weggedreht hat, einen Mann für sie suchen.

Sie kann hören, wie er gähnt.

Was ist mit deinem Tristan?, fragt er, und Anne sagt: Der ist versorgt, glaube ich.

Lautlos wiederholt sie seinen Namen. Tristan. Dein Tristan. Kurz war sie erschrocken, als David seinen Namen nannte. Und gleich darauf erfreut. Als wäre er anwesend, nur weil sie über ihn sprachen.

Sie flüstert: David? Dann sagt sie: Tristan hat eine Frau und eine Geliebte, das ist zu viel, oder?

Aber David schläft schon. Sie legt ihm eine Hand auf den Rücken. Überlegt, wer die Geliebte ist. Wen sie meinte, als sie das sagte. Die Mutter seiner Tochter. Oder sich selbst.

Alle paar Wochen hat Anne einen Traum, der sie ängstigt. Sie wacht mit rasendem Herzschlag auf und ist sich sicher, geschrien zu haben, aber David sagt immer Nein. Nein, du hast nicht geschrien. Sie versucht, Christa den Traum zu erzählen. Er ist verworren und uninteressant wie alle Träume, die man erzählt, und zu offensichtlich. Christa sieht sie aufmerksam an. Anne weiß, dass sie gleich eine Deutung versuchen wird, und darum sagt sie: Lass uns über etwas anderes reden, über diesen Vogel zum Beispiel, der den Tag totzupfeifen versucht.

Sie zeigt auf einen Zaunkönig im Baum.

Oder, sagt Christa, über diese Katze, die darauf wartet, dass er vom Baum fällt, direkt vor ihre Schnauze.

Was machst du, wenn ich arbeiten bin?, fragt Anne, und Christa sagt: Ich langweile mich ein bisschen, denke über mein Leben nach und schaffe eine solide Unordnung um mich herum. Sie lacht. Ich weiß mich schon zu beschäftigen, keine Angst.

Als Anne nach Hause kommt, hat Christa das Haus geputzt. Sogar die Fenster sind sauber und im Keller hängt Wäsche auf der Leine.

Du hängst die Sachen so akribisch auf wie Mama, stellt Anne verwundert fest, und Christa sagt: Erst seit kurzem, vorher habe ich mich dagegen gewehrt.

Nachmittags gehen sie in die Stadt oder ans Meer. Einmal

in eine Ausstellung im Haus der Kurverwaltung, Borderline-Kunst.

So ungefähr musst du dir meinen Traum vorstellen.

Anne zeigt auf ein Bild, das schwarz ist mit einem gelben ausfransenden Fleck in der Mitte. Langsam erwachende Energie, heißt es.

Also wie eine Explosion, sagt Christa fragend.

Eher wie ein geplatztes Ei. Malst du noch?

Nicht mehr oft, sagt Christa. Es ist zu traurig, dass jemand, der etwas so gerne macht, es so wenig kann.

Abends kochen sie gemeinsam, dann holen sie David aus seinem Arbeitszimmer, der nicht genau weiß, ob er sich als Gastgeber oder Gast fühlen soll. Später schauen sie Fernsehen oder spielen Monopoly. Anne kauft ein Hotel nach dem anderen und verlangt ruinöse Mieten. Dann verleiht sie Geld zu überhöhten Zinsen. Es machte schon früher keinen Spaß, mit dir zu spielen, klagt Christa, und Anne sagt: Kein Selbstmitleid, wenn ich bitten darf.

Manchmal ruft Tristan an, Anne presst den Hörer ans Ohr und gibt einsilbige Antworten. Sie wundert sich, dass David nichts merkt, und dann fragt sie sich, ob auch sie manches nicht bemerkt oder ob sie einfach misstrauischer ist als er.

Am Freitagnachmittag lotst sie Christa in ein Café. Christa schaut aus dem Fenster, den Passanten hinterher.

Der Mann mit der Fellmütze sieht aus, als säße ihm ein Koala auf dem Kopf, sagt sie. Sie kneift die Augen zusammen, um besser sehen zu können. Einer, der bei jedem Schritt Angst hat zu fallen. Sie lacht. Ist das nicht komisch, dass alle aussehen, als hätten sie noch Mottenkugeln in den Taschen?

Anne sieht sie belustigt an, und Christa sagt: Ich lästere nicht, ich beobachte nur.

Natürlich lästerst du, sagt Anne.

Sie hat sich so gesetzt, dass sie Tristan sehen muss, wenn er zur Tür hereinkommt. Vielleicht war das nicht klug. Vielleicht wäre es besser gewesen, sich mit dem Rücken zur Tür zu setzen, dann würde es ihr leichter fallen, überrascht zu wirken. Aber dann würde er sie vielleicht nicht erkennen. Würde nur ihren Rücken sehen, der aussieht wie der aller anderen, und wieder hinausgehen. Ich bin gespannt auf deine Schwester, hat er gesagt. Sie ist hübscher als ich und fünf Jahre jünger. Er hat leise gelacht, als sie das sagte. Hat ihr nicht widersprochen, vielleicht weil es offenkundig war, dass sie das erwartete.

Sie sieht, dass Tristan zur Tür hereinkommt. Dass er sich suchend umschaut. Dass er sie findet und lächelt. Sie sieht weg. Als er an den Tisch herantritt, sagt sie, Tristan, und tatsächlich klingt sie überrascht. Tristan sagt: Na, so was. Was zu viel ist, denkt sie. Dann stellt sie die beiden einander vor, nickt, als Tristan auf den dritten Stuhl zeigt. – Darf ich? – Sicher. – Sie erklärt Christa, wer Tristan ist, mein Therapeut, sagt sie spöttelnd, dein Berufsberater, korrigiert er sie und setzt nach: Außerdem so was wie ein Freund. Christa sieht lächelnd von einem zum anderen, und vor dem Fenster des Cafés setzt Schneefall ein, verspielt und richtungslos, und dann die Dunkelheit.

Als sie nach Hause gehen, sagt Christa, du magst ihn, gib's zu, und Anne sagt: Ja, wie einen Freund.

Nein. Christa ist stehen geblieben, schüttelt den Kopf, sieht sie abwartend an. Mehr als das.

Hör schon auf.

Anne zieht sich die Mütze tiefer in die Stirn und legt den Kopf in den Nacken. Der Himmel ist fast schwarz, die weißen taumelnden Flocken davor erinnern sie an Nachtfalter.

Sie sagt: Ich kenne ihn kaum.

Ich finde ihn toll, sagt Christa. Es klingt gönnerhaft. Als wolle sie Anne loben für etwas, das sie selbst gern besäße.

Anne sagt: Geht so.

Und warum nicht? Warum solltest du dich nicht auch einmal verlieben?

Ich bin nicht verliebt, sagt Anne.

Ist doch schön, sagt Christa.

Ach ja, sagt Anne, findest du? Besonders für David wäre das schön, nicht wahr?

Der muss davon ja nichts wissen, sagt Christa. Sie hat die Brauen hochgezogen und lässt Anne nicht aus den Augen. Die Schneeflocken bleiben sekundenlang auf ihren Haaren liegen und schmelzen dann.

Hast du keine Mütze dabei?, fragt Anne.

Du weißt doch, dass ich nie Mützen anziehe, sagt Christa.

Im Schaufenster des Spielzeugladens fährt eine Eisenbahn im Kreis, an Häusern, Bäumen, einer Kirche vorbei, vorbei an zwei winzigen Plastikfiguren, die einander zugewandt vor der Schranke stehen. Im Licht einer einzelnen kleinen Lampe dreht sie ihre Runden. Anne legt das Gesicht ans Fenster, versucht im dunklen Ladeninneren etwas zu erkennen. Geht weiter.

Ich dachte, du magst David, sagt sie.

Natürlich mag ich ihn. Ich liebe ihn, ehrlich. Aber was hat das damit zu tun?

Würdest du bitte aufhören, so naiv zu sein? Anne bleibt

abrupt stehen, so dass Christa gegen sie läuft. Was hat das damit zu tun?, wiederholt sie. Na, was denkst du wohl? Irgendeine Idee, was das den Ehemann angehen könnte?

Bevor Christa antworten kann, spricht sie schon weiter.

Ach, nein, ich vergaß, in deinem Kosmos spielt das ja keine Rolle. Ehe, Familie, so was wie Verbindlichkeit – sie macht eine Geste der Ahnungslosigkeit – kennst du ja nicht. Jeder nimmt, was er kriegen kann, nicht wahr? Und wenn man nur geschickt genug ist, geht's auch allen damit gut.

So in etwa, sagt Christa trotzig. Weil es nämlich nur normal sei, dass man nicht sein Leben lang den gleichen Mann liebt. Oder die gleiche Frau. Und weil es eben passieren könne, dass die Liebe sich nicht an das hält, was man ihr vorschreibt.

Und dann?, fragt Anne. Dann kann man nichts dagegen tun? Muss dem nachgeben? Oder kann man auch verzichten, geht das nicht?

Ich weiß es nicht, sagt Christa. Ehrlich nicht.

Sie hat die Hände in ihre Manteltaschen gesteckt, läuft langsam neben Anne her. Sieht sie nicht an.

Ich konnte es nie, sagt Christa. Und so leid mir manches davon auch tut, und sosehr ich damit auch immer Schiffbruch erlitten habe, so kann ich doch nicht behaupten, dass ich, wenn ich wieder in der Situation wäre, irgendwas anders machen würde. Sie schnaubt leise. Sagt im Tonfall einer Gouvernante: Un-ver-besser-lich.

Ja. Das bist du.

Und jetzt?, fragt Christa.

Und jetzt, sagt Anne. Weiß auch nicht.

Meine Wut, denkt sie, hat gar nicht Christa gegolten. Nicht auf sie bin ich böse. Nur auf mich selbst.

Sie sagt: Kein Wort zu David. Fasst sich gleich darauf an die Stirn. Hörst du, wie das klingt? Wie abgeschmackt und gemein?

Halb so schlimm, sagt Christa.

Und natürlich täuscht sich Anne. Da ist kein Triumph in Christas Stimme, keine Zufriedenheit darüber, dass sie ein Geheimnis teilen. Eines, das Anne endlich von ihrem Sockel stößt, von dem herab sie ihre kleine Schwester trösten kann. Christa lächelt. Sie schiebt ihren Arm unter den von Anne, so dass sie im Gleichschritt gehen. Wie zwei, die sich verbündet haben.

Beim Einkaufen lässt Anne ihre Liste in der Tasche. Geht durch die Gänge. Betrachtet die Regale, die überladen sind mit Waren, schwer von Dosen und Flaschen und Schachteln. Das hat etwas Tröstliches, all diese Dinge, all das Grelle und Bunte. Dass sie davon nehmen kann, was immer sie will. Es gibt Tage, da fallen ihr diese Kleinigkeiten auf. Die sie dann nicht als Kleinigkeiten empfindet. Sondern als etwas, für das sie dankbar sein muss. Auch die Kassiererin ist freundlich, eine rothaarige Frau, nicht viel älter als sie selbst, mit langen Fingernägeln, die klackern wie Casinochips, wenn sie an die Glasfläche des Scanners stoßen. Anne bedankt sich, sagt Auf Wiedersehen, zwei Tüten in jeder Hand, sie lächelt, und als sie an dem grünen Spielauto vorbeigeht, das vor dem Supermarkt steht und darauf wartet, dass jemand eine Münze einwirft, damit es sich in Bewegung setzen kann – das sich dann vor und zurück wiegt, wie ein Stier, der mit den Hufen scharrt –, muss sie plötzlich weinen. Sie stellt ihre Tüten ab und lehnt sich gegen den Kotflügel des kleinen Autos. Und nichts ist vorbei. Und immer noch die Schwere auf der Brust, als habe es sich jemand da bequem gemacht, ein Geist, ein Mensch, ja, was eigentlich.

Das Tierheim liegt am Waldrand, an einer Weggabelung. Von hier aus können sie in den Wald gehen, an den Feldern entlang oder in die Stadt hinein. Wie im Märchen, denkt Anne, drei Wege, und nur einer ist der richtige. Sie ist zu früh da. Hinter dem silbernen Zaun kann sie die Hunde sehen.

Als sie durch den Gang zwischen den Zwingern geht, bellen die Hunde. Sie wirken nicht wütend oder feindselig, eher wie eifrige Schüler, die auf sich aufmerksam machen wollen. Ihre Schwänze fuchteln durch die Luft, sie springen am Gitter hoch. Anne kniet sich hin, um einen hellbraunen Hund anzuschauen, der ein kleines Gesicht mit riesigen Augen hat und auf streichholzdünnen Beinen balanciert. Er kommt ans Gitter und sie lässt ihn ihren Zeigefinger beschnuppern. Er ist genau die Art Hund, die im Winter einen Mantel tragen muss oder einen winzigen selbstgestrickten Pullover aus himmelblauer Wolle. Er ist nicht gemacht für einen Zwinger, denkt sie. Er zittert vor Kälte oder Aufregung. Sie tippt ihn an die Nase und er zieht erschrocken den Kopf ein. Dann geht sie durch den Gang zurück, wieder das Bellen und Winseln.

Der kleine Braune, sagt sie zu dem Mädchen, das hier arbeitet. Belle Epoque steht in Schnörkelbuchstaben auf ihrem Sweatshirt, darunter die Silhouette einer Stadt. Das Mädchen nickt. Ist der zu haben? Ja, sagt das Mädchen, alle sind zu haben, außer der – sie zeigt auf einen weißen Pudel, der auf einem Sessel in der Ecke des Raumes liegt. Der gehört zum Inventar.

Als Tristans Auto vor dem Tierheim hält, geht Anne ihm entgegen. Der kleine Hund läuft eilig hinter ihr her.

Und wer ist das?, fragt Tristan.

Sie sagt: Ich weiß es noch nicht. Er hat einen Namen, aber der gefällt mir nicht.

Sie gehen los, wählen den Weg in den Wald. Sie hält die Leine des Hundes, wartet, wenn er an einem Blatt schnuppern will, hebt ihn über Pfützen und Baumstämme.

Er sieht aus wie ein Reh, sagt sie, und Tristan sagt: Ein winziges Reh. Eines, das den Wald nicht kennt und von allem überrascht ist.

Ich kann ihn zurückgeben, sagt sie, aber ich glaube, ich behalte ihn.

Tristan bückt sich, um den Hund zu streicheln, und der Hund nähert sich langsam seiner Hand und macht dann einen Schritt zurück. Anne nimmt ihn auf den Arm.

Er ist kein Hund für lange Strecken, sagt sie, eher ein Tragehund.

Tristan legt beide Hände um ihr Gesicht, küsst sie auf die Wangen, die Stirn, den Mund. Das sind so Sachen, denkt sie.

Schön, dass du angerufen hast, sagt er.

Sie will etwas sagen, aber er schüttelt den Kopf und sagt: Erklär's bloß nicht.

Er legt einen Arm um ihre Schulter. Sie gehen den matschigen Weg entlang, Wasser dringt in ihre Schuhe. Auf den dichten Nadeln der Eiben liegt Schnee, dazwischen leuchten die roten Beeren wie Christbaumschmuck.

Als ich ein Kind war, habe ich einmal meinem Hasen Eibenbeeren gefüttert, sagt Tristan. Es war sein Geburtstag, die Beeren mein Geschenk. Ich sah ihm beim Essen zu, wie er die Früchte mit beiden Pfoten festhielt und die langen Schneidezähne hineinstieß. Zwei Stunden später war er tot –

ausgestreckt lag er in einer Ecke des Käfigs. Das Fell war noch warm. Aber er war schon ganz steif geworden.

Oje, sagt Anne. Was hast du dann gemacht?

Na ja, sagt Tristan, zuerst habe ich gar nicht verstanden, dass ich ihn vergiftet hatte. Meine Mutter hat es mir später am Tag erklärt. Da hatten wir den Hasen schon beerdigt – in einem Loch im Garten, das ich mit dem Spaten ausgehoben hatte, bis mir der Schweiß den Rücken hinunterlief.

Sie hat dir gesagt, dass du den Hasen getötet hast?

Nicht wörtlich, sagt Tristan. Sie hat die restlichen Beeren in seinem Käfig gesehen. Da hat sie mich mit sich ins Wohnzimmer genommen und mir ein Buch gezeigt, in dem alle Giftpflanzen zu sehen waren. Sie hat gesagt, es sei ihre Schuld, nicht meine.

Und du?, fragt Anne. Hast du ihr geglaubt?

Ja, sagt er. Zumindest habe ich das versucht.

Eine Frau mit einem großen Hund kommt ihnen entgegen. Der wiegende Gang des Bernhardiners, der schläfrige, gutmütige Blick. Anne lässt die beiden Hunde einander beschnuppern. Die Frau ruft im Weitergehen nach ihrem Hund und der schenkt ihnen einen letzten langen Blick und geht ihr dann langsam hinterher.

Vor einer hohen Fichte bleibt Tristan stehen. Auf den Stamm ist ein gelbes Kreuz gemalt.

Was heißt das?, fragt er. Dass der Baum gerettet oder gefällt wird?

Das habe ich mich auch schon gefragt, sagt Anne. Hoffen wir mal: gerettet.

Was man alles nicht weiß, sagt er. Er hat sie an sich gezogen, flüstert in ihre Halsbeuge. Über dich würde ich gerne alles wissen.

Das tust du doch schon. Sie lacht trocken. Ich habe doch mein ganzes Leben vor dir ausgebreitet.

Man weiß nie genug voneinander, sagt Tristan.

Oh doch, widerspricht Anne. Man weiß sogar oft zu viel voneinander.

Zu viel, um den anderen noch zu mögen?

Zu viel, um ihm seine Freiheit zu lassen.

Trotzdem, sagt Tristan. Eine Geschichte, bitte. Aus der Zeit, als wir uns noch nicht kannten. Als ich nicht einmal wusste, dass es dich gibt.

Gut, sagt Anne. Sie weiß plötzlich, was sie ihm erzählen wird. Ich war achtzehn, beginnt sie, das ist das Alter, in dem man zu oft gesagt bekommt, wie hübsch man ist. Ich war in der U-Bahn unterwegs, als plötzlich das Licht ausfiel. Du weißt, wie das ist, wenn so etwas passiert: erst ist es aufregend, dann amüsant, irgendwann breitet sich Panik aus. Dazu die Durchsagen des Fahrers, der von technischen Störungen spricht und irgendwas Beruhigendes sagt. Dass er mit der Zentrale in Verbindung stehe, dass nichts passieren kann, dass der Schaden bald behoben werde. Im vorderen Teil des Wagens konnte ich ein Kind weinen hören und die Stimme der Mutter, sie flüsterte, dann sang sie leise. Mir gegenüber saß ein Mann, ich hatte ihn vorher nicht bemerkt. Seine Knie stießen gegen meine. Er entschuldigte sich. Er hatte eine warme Stimme. Er sagte, er habe einen wichtigen Termin. Was für einen?, fragte ich, und er sagte: Meine Scheidung. Er sagte, sie wird denken, ich mache das absichtlich, und ich sagte: Zum Glück kommt es darauf jetzt nicht mehr an. Wir mussten beide lachen – es ist schwer zu erklären, was daran so komisch war. Er sagte seinen Namen, ich sagte meinen, wir gaben uns die Hand, was gar nicht so einfach war, es war wirklich unglaublich dunkel. Der Stromausfall dauerte mehr als vierzig Minuten, es kam mir viel kürzer vor. Die allgemeine Panik ebbte bald wieder ab. Der Mann und ich sprachen die ganze Zeit miteinander. Über die Liebe und das, was wir von ihr erwarteten. Er fragte, wie alt ich sei, und als ich es sagte, meinte er: Dann ist noch alles möglich, vergessen Sie das nicht. Ich hatte Angst vor dem Moment, in dem das Licht angehen würde. Nicht wegen mir. Wegen ihm.

Und als es wieder hell wurde?, fragt Tristan. Sie weiß, was er denkt – sie ist sich absolut sicher. Sie fragt: Was glaubst du?

Ich glaube, sagt Tristan, dass es ein peinlicher Moment war. Ich glaube, dass der Mann alt war oder unattraktiv, dass du schnell ausgestiegen bist und ihm deine Telefonnummer nicht gegeben hast.

Ja, sagt sie, sollte man meinen.

Was stimmt: der Mann war deutlich älter als sie, und nein, besonders hübsch war er auch nicht. Er war nicht sehr groß. Hatte kurze, fast graue Haare. Neben dem rechten Auge war ein Feuermal – dunkelrot und lang und schmal wie ein Messer.

Sie macht eine Pause, dann sagt sie: Er war es, der schnell ausgestiegen ist. Er wollte meine Telefonnummer nicht haben, er wollte mich nicht wiedersehen. Ich habe noch lange an ihn gedacht, immer wenn ich in der U-Bahn saß, habe ich mich nach ihm umgeschaut. Aber ich habe ihn nie wieder gesehen, und inzwischen – sie rechnet im Kopf nach: mehr als fünfundzwanzig Jahre sind vergangen – inzwischen würde ich ihn nur noch an seinem Feuermal erkennen.

Nach einer Stunde drehen sie um, gehen den gleichen Weg zurück, der Hund auf Annes Arm ist warm und bebend.

Sie legt beide Hände um ihn, aber er hört nicht auf zu zittern.

Tristan öffnet das Auto und setzt den Hund auf den Fahrersitz. Dann umarmt er Anne. Zieht sie an sich. Schiebt seine Hände unter ihre Jacke, ihren Pullover. Fährt unter den Bund ihrer Hose, küsst sie, es ist keine Luft zwischen ihnen. Er legt seinen Kopf auf ihre Schulter, er sagt, du fehlst mir, er sagt: Fast immer. Der Hund winselt, sie kann hören, wie seine kleinen Pfoten gegen das Fenster stoßen. Ja, sagt sie, ich weiß.

Im Wegfahren winkt sie Tristan zu. Der Hund liegt neben ihr auf dem Beifahrersitz. Zusammengerollt, als wollte er Platz sparen. Als wollte er sich so klein machen, dass ihn jeder übersieht. Tristan hebt die Hand, dann steigt er in sein Auto. Im Rückspiegel kann sie sehen, wie er zurücksetzt und wendet. Ist das, sagt sie zum Hund, jetzt dein Platz? Der Hund sieht sie kurz an und legt seinen Kopf zurück auf die Pfoten. Okay, sagt sie, dein Platz.

Sie geben dem Hund einen Namen, der so ähnlich klingt wie der, den er bereits trug. Der Labrador beschnüffelt ihn ein paar Mal und beschließt dann, ihn zu mögen und nicht ernst zu nehmen, wie ein Spielzeug oder einen Ball. Er sieht seltsam aus, sagt Christa, und Anne sagt: Aber die Augen, schau dir mal die Augen an.

David ist schon seit einer Stunde im Bett und sie sitzen immer noch in der Küche. Schenken sich Tee nach aus einer blauweißen Kanne. Christa dreht sich eine Zigarette und Anne zündet sie an und gibt sie ihr zurück. Sie muss nicht husten, aber sie mag den Geschmack nicht mehr. Sie erinnert sich daran, wie gern sie früher geraucht hat. Wie schön sie es fand, sich eine Zigarette anzünden zu können, wenn ein Gespräch sie langweilte. Wie tröstlich es war, den Weg des Rauches zu verfolgen, wie er den Hals hinunterglitt und dann aus Nase oder Mund wieder hinausströmte. Die Asche abzustreifen, indem man die Zigarettenspitze ganz leicht gegen den Boden des Aschenbechers stieß.

Christa sagt: Als Kind habe ich immer versucht, dich nachzumachen, hast du das eigentlich je bemerkt? Vielleicht kann ich es noch, warte mal.

Sie stützt den Ellenbogen auf, das Kinn in die Hand, während die andere über den Tisch fährt, um unsichtbare Krümel zu beseitigen. Ein Lächeln, schuldbewusst oder kokett, unecht auf jeden Fall, denkt Anne. Dann sagt Christa ein paar Worte – hey, hey, was soll's, das glaubt man – und presst die Lippen zusammen zu einem kleinen, albernen Entenschnabel. Sie lacht, sie sagt: Ich kann's nicht mehr, aber ich war wirklich gut darin.

Das soll ich gewesen sein?, fragt Anne.

Ja. Christa nickt. Komm schon, so unähnlich war es nicht.

Sie zieht an ihrer Zigarette, bis die Spitze aufleuchtet. Behält den Rauch kurz in den Lungen, stößt ihn dann energisch aus.

So habe ich aber nie geraucht, sagt Anne.

Nein, sagt Christa. So rauche ich, nicht du.

Sie sieht aus dem Fenster, zeigt auf die Lichter im Garten der Nachbarn. Ein Weihnachtsmann, baumhoch, gelb und rot leuchtend. Bei Tag sieht man die Eisenkonstruktion, an der die Glühbirnen angebracht sind, und die Kabel, die zum Haus führen. In der Nacht nur einen Weihnachtsmann und einen Schlitten voller Geschenke. Sonst gar nichts.

Hast du das gesehen?

Klar, sagt Anne. Die machen das immer. Weihnachten, Valentinstag, Ostern. Irgendwann im März zum irischen Nationalfeiertag ein Kleeblatt.

Sie sagt: Die machen das für ihre Kinder. Lass sie doch.

Lass ich ja, sagt Christa. Sie sieht Anne abwägend an, dann sagt sie: Pass mal auf. Sie holt tief Luft. Am Samstag fahre ich nach Hause. Doch, sagt sie, obwohl Anne gar nicht widersprochen hat, es ist an der Zeit. Und für dich habe ich auch etwas. Sie schweigt einen Moment, dann sagt sie: Ein Alibi.

Ein was?, fragt Anne.

Ein Alibi. Für's ganze Wochenende.

Anne kann sehen, dass Christa aufgeregt ist. Sie muss daran denken, wie Christa Geschenke macht. Wie nervös sie ist, ob das, was sie schenkt, gemocht werden wird. Wie schnell sie erklärt, wann sie es gekauft hat und wo. Und was sie sich vorgestellt hat, als sie es kaufte. Meistens sind es Sachen, die eher zu Christa passen als zu Anne. Manchmal stellt sich aber auch nach einer Weile heraus, dass Anne genau das gut brauchen kann, was Christa ihr geschenkt hat.

Ich möchte kein Alibi, sagt sie.

Du könntest ihn treffen, mit ihm zusammen sein. Ich meine ... richtig.

Ich weiß, was du meinst, sagt Anne.

Sie merkt, dass sie wie eine Richterin klingt. Das sind ihre alten Rollen: die Vernünftige und die Unvernünftige. Die Brave und die Wilde. Wahrscheinlich war sie schon eine große Schwester gewesen, bevor sie eine wurde. Hatte fünf Jahre lang nur darauf gewartet, eine Kleinere zu erziehen. Vielleicht hat es sie darum manchmal verwundert, wie wenig Karen sich für diese Rolle interessierte. Wie sehr sie sich abzugrenzen versuchte, von den Forderungen, die eine große Schwester nun mal zu erfüllen hat. Anne hat einmal versucht, es ihr zu erklären. Die Ältere, sagte sie, ist dafür da, der Jüngeren ein Vorbild zu sein. Ihr den Weg ins Leben zu erleichtern, sie vor Schaden zu bewahren. Aber dafür, entgegnete Karen, hat Yola doch dich.

Na, sagt Christa, überleg's dir. Sie drückt ihre Zigarette aus, gähnt. Steht auf und schüttet den Rest ihres Tees in das Spülbecken. Ich geh schlafen.

Sie kommt noch einmal zurück, bleibt im Türrahmen stehen.

Du bist nicht böse auf mich, oder?

Nein, sagt Anne. Sie sieht sie nicht an, spielt mit der leeren Tasse. Dreht sie auf ihrem Rand, bis sie kippt. Ich bin nicht böse, sagt sie. Nur ein wenig ratlos. Das ist alles sehr verwirrend.

Ja, sagt Christa. Sie tritt an den Tisch, umarmt Anne von hinten, drückt sie kurz und fest. Und ich mache es noch schlimmer.

Stimmt, sagt Anne. Du bist die Versucherin.

Vor der Fähre staut sich der Verkehr, glänzende Autodächer unter der Wintersonne. Der Himmel ein tiefes Blau, alles wie poliert. Sie sind früh am Morgen aufgebrochen. Haben Christa nach Hause gefahren. Sind danach essen gegangen und ins Museum. Sie haben vor den Bildern gestanden und versucht, etwas zu entdecken, etwas, das man leicht übersieht. Eine Schnecke am Bildrand. Den Fleck auf einer nackten Brust. Im Hintergrund das schemenhafte Gesicht eines Affen mit bösen Augen. Du weißt, was das heißt, hatte David gesagt, und Anne hatte gesagt, natürlich, und eine Interpretation angefügt, die ihr gerade in den Sinn kam. Nicht vorher nachdenken. Gleichzeitiges Sprechen und Denken. Manchmal hatten sie das Gefühl, danach trotzdem mehr verstanden zu haben. Manchmal mussten sie lachen.

Das war ein schöner Tag, sagt Anne.

Sie hält ein Fläschchen mit Nagellack in der Hand. Malt die Zehennägel rot. Das ganze Auto riecht nach Lösungsmittel. Früher hätte sie David gefragt: Bist du glücklich? Früher hätte er kurz überlegt und Ja gesagt: Ja, ich glaube schon.

Finde ich auch, sagt David. Er öffnet die Seitentür, versucht an den Autos vorbeizuschauen. Gleich sollte es weitergehen, sagt er. Sie winken schon die ersten rein.

Er schließt die Tür, die Kälte bleibt für einen Moment im Auto. Dann setzen sich die Autos in Bewegung. David startet den Motor. Sie rollen als Letzte auf die Fähre. Hinter ihnen wird das Gatter zugeschoben.

Als sie die Haustür öffnen, kommen ihnen die Hunde entgegen. Der Labrador, der sich schwanzwedelnd gegen ihre Beine drückt. Der kleine Braune, der vor Aufregung zittert, das Bein an der Kommode hebt, sich erleichtert.

Der hat ja Nerven, sagt David.

Aus der Küche holt er einen Lappen und Wasser, während Anne mit den Hunden in den Vorgarten geht. Der Schnee auf dem Rasen ist hart geworden, sie hinterlässt flache Abdrücke, als sie zum Buchsbaum geht, um das Vogelhaus zu kontrollieren. Alle Haferflocken sind weg, die Hülsen der Sonnenblumenkerne sind leer. Als sie zurück zum Haus geht, öffnet David die Tür.

Telefon für dich, sagt er.

Sie nimmt den Hörer entgegen. Ja?

Ich bin's, sagt Tristan. Du warst heute den ganzen Tag nicht zu erreichen.

Ja, sagt Anne. Und was hast du gemacht?

Nichts, sagt Tristan. Er klingt reserviert, doch als sie schweigt, sagt er: Ich habe meine Tochter gesehen. War mit ihr im Zirkus. Nach einer Viertelstunde ist sie eingeschlafen, und als sie wieder aufwachte, fing sie an zu schreien. Ich konnte sie nicht beruhigen. Er sagt: Ich muss dich sehen.

Ich verstehe, sagt Anne.

Wann?, fragt Tristan.

Anne nickt David zu, der vor ihr stehen geblieben ist, eine Flasche Rotwein in der einen Hand, zwei Gläser in der anderen. Er wartet noch kurz, sieht sie nachdenklich an, geht dann ins Wohnzimmer.

Das klingt doch gut, sagt Anne laut. Lass uns nächste Woche mal ausführlicher telefonieren. Wir kommen gerade erst rein.

Ach Anne, sagt Tristan.

Anne sagt: Oh ja. Es war sehr schön. Kalt, aber sonnig. Sie lächelt, sagt: Also dann. Mach's gut.

Tristan sagt: Ich wünschte, du könntest das lassen.

Und?, fragt David. Was gab's?

Nichts. Anne nimmt sich eines der Gläser, hält es David entgegen. David sagt Chin-Chin, aber er hebt sein Glas nicht. Sie trinkt einen Schluck.

Es geht ihm nicht gut, sagt sie. Er darf seine Tochter nur selten sehen, er leidet darunter.

Nicht vorher nachdenken. Gleichzeitiges Sprechen und Denken.

Sie sagt: Er war mit ihr im Zirkus. Sie hat die ganze Zeit geweint. Er ist so hilflos.

David sagt: Aha. Sie kann ihm ansehen, dass er nicht weiß, was er von alldem halten soll. Hat er Angst, sie zu verlieren? Nein, denkt Anne, das nicht. Aber er würde gerne einordnen, was geschieht. Verstehen, was vor sich geht.

Sie sagt, er ist nur ein Freund, und David sagt: Natürlich. Er sieht sie belustigt an. Davon ging ich ganz selbstverständlich aus. Oder sollte ich nicht?

Doch. Sie seufzt kurz. Doch, natürlich. Sie fährt auf. Die Vögel! Ich bring noch schnell Futter raus.

Als sie im Bett liegen, sagt David: Er ist verheiratet, nicht wahr?

Ja, sagt Anne. Sie legt das Buch beiseite, in dem sie gelesen hat. Schiebt das Kissen in ihrem Rücken höher.

Und er weiß auch, dass du verheiratet bist. Ich meine, er denkt nicht, dass ich dein Bruder bin oder so was?

Natürlich nicht. Sie lacht. Sie nimmt das Kissen aus dem Rücken, legt sich hin, sein Gesicht nah vor ihrem, die braunen Augen, der Bart, gerade lang genug, um sich weich anzufühlen. Sie kann die Schatten unter seinen Augen sehen. Die Falten, mehr als eine Andeutung davon. Manchmal hat sie das Gefühl, als seien sie irgendwann gemeinsam untergetaucht und kämen nun wieder an die Oberfläche. Älter geworden. Aber immer noch vertraut. Es ist, als ob sie ihr Spiegelbild sähe. Keines, das sie abbildet. Sondern eines, das etwas an ihr sichtbar macht, von dem nur sie weiß.

Sie küsst ihn. Nimmt seine Hand. Legt sie auf ihren Bauch. Sie hat keine Angst, alleine zu sein, aber jetzt will sie ihm nah sein. Sie sagen ihre Namen, als müssten sie sich vergewissern. Er legt sich zwischen ihre Beine, seine Hände auf ihren Schultern. Sie bewegen sich lange kaum, dann plötzlich heftiger als sonst. Sehen sich an mit weit geöffneten Augen.

Danach sind sie erschöpft wie nach einer Wanderung. Sie löscht das Licht, dreht sich von ihm fort. Er lässt eine Hand auf ihrer Schulter liegen, bis sie sie nimmt und auf ihre Hüfte legt. Dann schläft sie ein.

Noch eine Woche bis Weihnachten. Niemand will jetzt ausziehen. Nicht auf das Jahresende, sagt Julia. Aber dann, im Januar, wart's ab. Sie hat Anne eine Tasse Kaffee gemacht, bringt sie ihr auf einem kleinen Tablett ins Büro. Das Milchkännchen daneben, die Zuckerdose, die nicht zum Service passt. Sie setzt sich auf den Stuhl gegenüber von Annes Schreibtisch. Wir sollten die Zeit nutzen. Sie sieht sich im Büro um. Zeigt auf die Ordner im Regal. Um aufzuräumen, sagt sie. Auszumisten. Alles, was älter als drei Jahre ist, muss raus.

Wegschmeißen?, fragt Anne, und Julia sagt: Umlagern. In den Keller. Ins Archiv. Sie verdreht die Augen. Wo wir es dann noch ein paar Jahre lassen, um es am Ende doch wegzuschmeißen.

Den ganzen Nachmittag sortiert Anne die alten Ordner aus. Blättert in Verträgen für Häuser, die sie nie gesehen hat. Von Menschen, die sie nicht kennt. Manchmal ist ihr ein Name vertraut, aber sie kann sich an kein einziges Gesicht erinnern.

Als sie am späten Nachmittag das Büro verlässt, steht Tristan auf der anderen Straßenseite. Er geht über die Straße, die Hände in den Taschen seines Mantels. Als er vor ihr steht, kratzt er sich verlegen am Kopf.

Ich könnte sagen, ich wäre gerade in der Nähe gewesen.

Das könntest du.

Würdest du mir denn glauben?

Sie lächelt. Wer weiß, sagt sie.

Lass uns etwas spazieren gehen.

Sie gehen gemeinsam die Straße hinab, vorbei an den Autos, die sich bis an die letzte Kreuzung der Stadt stauen und dann an Geschwindigkeit gewinnen, sich voneinander lösen wie die Perlen einer zerrissenen Kette. Anne hält sich den Schal vor das Gesicht, der Wind ist beißend kalt. Sie sagt, ich möchte umdrehen, und Tristan macht wortlos kehrt. Auf dem Flachdach der Tankstelle sitzen Möwen. Ihr gleitender Flug, wenn sie davonschweben, ihre empörten Schreie. Tristan geht schneller, Anne muss fast rennen, um Schritt zu halten. Er reicht ihr die Hand, zieht sie mit sich in einen Hauseingang. Anne sieht zwei Klingelreihen und die Kritzeleien an der Kachelwand. Ein paar Namen, kurze Botschaften. Die Zeichnung einer Kuh, die über einen Zaun springt. Zwei Strichmännchen in eindeutiger Stellung.

Ich habe meiner Frau von uns erzählt, sagt Tristan. Er sieht Anne abwartend an.

Sie fragt: Was denn? Was hast du ihr erzählt?

Sie denkt, dass es fast nichts zu erzählen gibt.

Alles, sagt Tristan.

Und?

Tristan sagt: Sie ist enttäuscht, wütend. Er schweigt einen Moment. Nicht traurig, aber das hatte ich auch nicht erwartet.

Die Tür öffnet sich. Sie machen einem Mann in einem weinroten Anzug Platz, er nickt ihnen grüßend zu.

Anne tritt aus dem Hauseingang heraus, sieht sich nicht nach Tristan um. Eine Frau mit einem Einkaufswagen kommt ihnen entgegen, der Wagen ist voller Tüten. Die Räder des Wagens klirren laut auf dem Beton.

Ich weiß nicht, was du jetzt hören willst, sagt sie, als Tristan wieder neben ihr geht.

Er sagt: Ich verlange nichts von dir. Ich wollte nur mit offenen Karten spielen.

Anne hört die Motorengeräusche eines Flugzeugs. Sie bleibt stehen, legt den Kopf in den Nacken. Die blinkenden Lichter, der Kondensstreifen, der wie eine Radierung im Graublau aussieht.

Komm, sagt sie und sieht Tristan an, das da nehmen wir.

Die Sache ist, dass ich nicht fliegen kann. Tristan räuspert sich. Ich habe es mehrfach versucht. Aber es geht einfach nicht. Ich zittere, mir wird schlecht. Früher habe ich es gekonnt, dann irgendwann nicht mehr.

Hast du etwas Schlimmes erlebt?

Nein. Er schiebt die Unterlippe ein wenig vor, schaut von Anne zum Flugzeug und zurück. Es kam einfach so, sagt er. Wie eine Grippe oder Masern. Sobald es vorbeigeht, fliege ich wieder.

Wohin?, fragt sie.

Irgendwohin. Vielleicht Sidney.

Vor der Agentur trennen sie sich. Ich will dich nicht zum Auto bringen, sagt er, sonst musst du mich wieder reinlassen. Er lacht leise.

Sie fragt: Wollen wir uns am Wochenende sehen?

Er überlegt nicht. Er sagt: Ja.

Als er weggeht, sieht Anne ihm nach. Sie zählt bis fünfzig. Er dreht sich nicht um.

Samstagmorgen. Sie hat David zum Bahnhof gebracht. Es ist ein Ritual: das immergleiche Abteil – Nummer vier –, die gleiche Sitznummer, 22. Auf halber Strecke wird sein Freund

Björn zusteigen. Alle drei Jahre um diese Zeit trifft sich Davids Klasse in einem Restaurant nahe der alten Jesuitenschule. Jedes Jahr fehlt einer mehr. Sobald nur noch von Krankheiten gesprochen wird, sagt David, gehe ich nicht mehr hin.

Sie hat die Hunde in den Garten gelassen. Hat Bälle geworfen, denen nur der Große hinterhergerannt ist, während der Kleine zurück ins Haus wollte.

Als Tristan kommt, führt sie ihn herum. Zeigt ihm ein paar Zimmer, nicht alle.

Wo ist David?, fragt er. Und Yola?

Nicht da, sagt Anne. Sie sieht ihn nicht an. Verreist.

Er steht vor dem Bücherregal, es sieht aus, als suche er etwas.

Hör auf, alles zu prüfen, sagt sie, und er wendet sich ab und setzt sich auf das Sofa.

Sie hat Brot gebacken. Stellt es auf den Tisch. Oliven dazu, Käse, Chorizo, ein Schälchen mit getrockneten Tomaten. Der Tee hat zu lang gezogen, er schmeckt bitter und süß.

Ein spätes Frühstück, sagt sie. Oder ein frühes Mittagessen.

Wir haben den ganzen Tag, sagt er. Stell dir das vor. Was wollen wir machen?

Sie will ins Kino gehen. In eine Nachmittagsvorstellung. Sie möchte wie die Heldin eines Filmes sein. Das sagt sie nicht.

Gut, sagt er, lass uns einen Film ansehen.

Sie halten einander an den Händen, lachen an denselben Stellen. Sehen den anderen an, wenn der gerade nicht schaut. So also siehst du aus. So also. Sie erinnert sich, wie sie schon einmal so saß: ein Junge neben ihr, seine langen blonden Haare. Sie war sechzehn, fast siebzehn. Wie sie die Hände ineinander verschränkten, dem Film nicht folgen konnten. Ich fühle mich, hatte er ihr einige Wochen später in einem Brief geschrieben, sexuell überfordert von dir. Sie weiß noch, dass sie lachen musste. Sie war erst versöhnt, als er ihr seinen Freund vorstellte, einen schmächtigen Jungen mit Brille, der seine Hand nicht losließ, sogar dann nicht, als er ihr die andere zur Begrüßung reichte. Es war ein Rätsel ihrer Jugend: drei ihrer Liebhaber wurden homosexuell. Sie macht sich lustig darüber. Es lag wohl an mir, sagt sie.

Nach dem Kino gehen sie etwas essen. Ihre Knie stoßen unter dem Tisch aneinander, sie bewegen sich nicht.

Vielleicht ist das alles, was wir zusammen haben können, sagt sie plötzlich. Eine Kinovorstellung, ein Essen. Ein paar Heimlichkeiten.

Lass uns gehen, sagt er.

Wohin?

Zu dir?

Nein. Sie schüttelt den Kopf. Sagt nochmals: Nein.

Er legt das Geld auf den Tisch. Reicht ihr die Hand. Komm.

Sie hat das Zimmer gebucht. Hat vor dem Tresen gewartet, bis die Frau dahinter sich ihr zuwandte. Hat nach einem Doppelzimmer gefragt, für eine Nacht. Sie ist noch nie in diesem Hotel gewesen. Sie hat kurz überlegt, einen falschen Namen zu nennen, und hat es nicht getan. Tristan hat sich währenddessen im Foyer umgeschaut. In einem Prospekt geblättert, einen Apfel aus der Holzschale genommen. Später hat sie den Prospekt auf dem Tisch liegen sehen. Inselwanderungen.

Das Zimmer ist klein. Musselinvorhänge, weiße Spitzenkissen, eine Landkarte von der Insel in pastellenen Farben. Hier sind wir, sagt sie. Ihr Finger auf der Landkarte. Er legt von hinten beide Arme um sie. Hier, sagt er. Küsst sie auf den Hals, ins Haar. Hier und hier. Sie löst sich aus seiner Umarmung, geht ins Bad. Sieh dir die Armaturen an, ruft sie, golden! Sie lacht. Das ist das Mädchenzimmer einer Baroness!

Er sitzt auf dem Bett, neben sich eine kleine Flasche Sekt aus der Minibar. Zwei Weingläser dazu. Sie stoßen an. Sie denkt kurz an die Hunde, die noch kein Fressen bekommen haben. Die Vögel, die nach Haferflocken suchen. An David, neben ihm seine Mitschüler. Der Primus. Der Klassenclown. Der, den alle immer nur beim Nachnamen nennen. Der, der das Klassenbuch hütete und weinte, wenn man es ihm wegnahm. Der, dem David Nachhilfe gab und der nur durchkam wegen seines Charmes. Sie hat sie alle kennengelernt, vor Jahren, als einmal die Frauen mit eingeladen waren. Und bald an einem eigenen Tisch saßen. Über die Kinder sprachen, die Häuser, ein wenig über ihre Arbeit. Sie war erleichtert gewesen, als es vorbei war.

Der Sekt ist kalt und zu süß. Sie sieht Tristan an. Hat Lust, ihn zu küssen. Seine Arme zu streicheln, auf denen sich die Adern abzeichnen. Sie ist plötzlich sehr müde. Die Vorstellung, sich ihm zu ergeben, sich hinzugeben. Die Überwältigung, die Auflösung. Sie hat es sich so oft gewünscht in den letzten Wochen. Sei ehrlich, denkt sie, du bist nicht überrascht. Vielleicht wird es ihr später leid tun. Aber sie rechnet nicht damit.

Tristan fragt: Wann kommt David wieder?

Morgen, sagt sie.

Und Yola?

Ihr Name in diesem Raum. Sie schüttelt den Kopf. Sieht ihn nicht an.

Ich weiß es, sagt er leise. Sie hört es, versteht es nicht. Was?, denkt sie. Was weißt du?

Hast du gehört: Ich weiß, dass sie tot ist.

Er muss verrückt sein. Verrückt oder grausam. Sie sagt: Sei still. Legt sich die Hände auf die Ohren. Wenn sie sie bewegt, ist ein Rascheln zu hören. Als ob sie unter Laub liegt, das gesammelte Laub eines Jahres. Auf ihren Beinen, die plötzlich schwer sind. Auf ihren Armen, ihrer Brust. Ihrem Hals. Sie atmet tief ein. Wo ist die Luft geblieben?

Erst wusste ich es nicht, sagt Tristan. Aber dann habe ich davon erfahren. Er versucht ihre Hände in seine zu nehmen, aber sie zieht sie weg. Er sagt: Es tut mir so leid.

Seit wann?, fragt sie. Seit wann weißt du es?

Schon lange, sagt er.

Das Licht im Zimmer ist gelb geworden, satt, fast braun. Man könnte meinen, es sei Sommer. Man könnte sich im Meer ertränken. Man könnte sich die Arme ritzen, den Hals zudrücken. Man könnte jemanden um Hilfe bitten. Öffne das Fenster, würde man sagen. Halte mich. Lass los. Das ist die einzige Alternative: ein Strick im Keller, eine Waffe im Haus, ein Fenster, das hoch genug ist, Steine in den Hosentaschen und den Bauch voll Schlaf.

Sie steht auf, macht einen Schritt zum Schreibtisch.

Anne. Er legt alle Zuneigung in diesen Namen. Zu spät, denkt sie. Sie glaubt ihm nicht, kein Wort mehr.

Ich hätte es nicht erwähnen sollen, sagt er, ich wollte nur –

– mit offenen Karten spielen, beendet Anne seinen Satz. Natürlich. Sie lacht kurz auf. Spürt, wie die Wut heranstürmt. Wie sie den Puls beschleunigt, sich in ihr breit macht, ein Beben hinter jedem Wort.

Weißt du, was das Komische ist? Sie sieht ihn an. Wartet, bis er antwortet, bis er Nein sagt: Nein, weiß ich nicht. Das Komische ist, sagt sie, dass du nichts verstehst. Was ich an dir mochte, war deine Ahnungslosigkeit. Dass ich bei dir nicht die war, die das Kind verloren hat. Bedauernswert. Mitleid erregend. Ich glaube fast, das war alles.

Das erschrockene Gesicht Tristans. Der Schmerz darin. Das ist noch gar nichts, denkt sie.

Und glaub bloß nicht, dass ich darüber reden will, sagt sie. Das habe ich gemacht, das hilft nicht. Sobald ich daran denke, ist alles wieder da. Es wird nicht besser, die Zeit heilt nichts.

Sie reibt sich über die Stirn, als könnte sie so die Gedanken wegwischen. Mit einem Fuß, merkt sie, steht sie auf dem geflochtenen Bettvorleger, mit dem anderen auf dem Parkettboden. Eine unsichere Position. Sie macht einen weiteren Schritt auf den Schreibtisch zu. Rotbraunes Holz, das schmale Telefon darauf, ein silbernes Tablett mit einer Wasserflasche. Sie liest den Namen auf dem Etikett, wiederholt ihn lautlos, bis er jeden Sinn verliert. Sie konzentriert sich, beschwört ein Bild herauf: das Hotel, die Zimmer nebeneinander, helle, zweidimensionale Waben. Jemand badet, jemand sieht einen Film, jemand telefoniert, jemand schläft. Sie versucht, sich selbst in das Bild zu setzen: eine Frau. Und ein Mann.

Tristan ist neben sie getreten, sie spürt seine Hand in ihrem Rücken.

Ich kann das nicht, sagt sie.

Und was ist mit mir?, fragt er. Mit uns?

Keine Ahnung. Sie sieht ihn an. Die Wut ist fort. Sie ist aufgeflammt und erloschen, sie war heiß gewesen und kalt. Ich glaube, sagt sie, daran habe ich nie gedacht.

Das Licht schwindet allmählich. Sie kann seine Arme kaum noch sehen, sein Gesicht. Sie könnte es nicht beschreiben. Es ist schön, könnte sie sagen, alles so klar: die Augen, die dunklen Brauen, der Schwung des Mundes. Aber ich vergesse es ständig, ist das nicht seltsam? Sie hört, wie eine Zimmertür ins Schloss fällt, dann flucht eine Frauenstimme. Die Heizung gibt ein Rauschen von sich, das wie ein Störsender klingt. Sie sagt: Ich gehe jetzt besser. Sie nimmt ihre Tasche vom Stuhl. Er bringt sie zur Tür. Als wäre das sein Zimmer, denkt sie. Seine Vorhänge und Spitzenkissen. Als hätte sie ihn besucht und sie hätten sich nichts zu sagen gewusst. Sie sieht ihn noch einmal an, versucht sich zu erinnern, jetzt schon. Dann geht sie zum Aufzug und er schließt die Tür.

Sie hat Davids Nummer gewählt und vor dem ersten Klingeln aufgelegt. Sie hat das Gefühl, er ist zu weit weg. Sie müssten schreien, Rauchzeichen senden, ein Morsealphabet ersinnen, eins der Ehe und der Einsamkeit. Kurz nachdem sie ihn kennengelernt hat, hat sie ihn das erste Mal vermisst. Sie lag den ganzen Tag auf ihrem Bett, die unordentliche Tagesdecke, darunter die bunt gemusterte Bettwäsche. Sie stellte sich sein Gesicht vor, die Freude darin, wenn sie sich wiedersähen, den Schmerz, der ein Abglanz wäre und eine Ahnung. Damals hätten sie sich den Namen des anderen tätowieren lassen sollen: ein Liebesbeweis an Stellen, die sie selbst nur im Spiegel finden könnten.

Wenn sie die Augen schließt, sieht sie Yola vor sich. Wie sie morgens das Haus verlässt. Wie sie auf ihrem Rad davonfährt, den Schulranzen auf dem Gepäckträger, eine dicke Kordel am Lenker. Wenn es bergab geht, ist es wirklich, als ob ich auf einem Pferd sitze! Sie hatte gelacht. Bestimmt hatte sie gelacht. Und irgendwann die Augen verdreht und »Kinderkram« gesagt, Kinderkram, und die Kordel abgeschnitten. Sie erinnert sich an die gemeinsame Studienreise nach Krakau, sie und Karen und Yola. Wie sie in einem Pulk der Reiseführerin hinterherliefen, die einen roten Schirm hoch in die Luft hielt, wann immer die Gruppe um eine Ecke bog. An das Gefühl, aufzufallen, wie auf einer Demonstration oder einer Kundgebung, der rote Schirm das Parteizeichen. Yola, die kaum zehn Jahre alt war und das erste Mal verliebt. In einen Sechzehnjährigen, der mit seiner Tante reiste und der, wenn überhaupt, nur Augen für Karen hatte. Und Karen, die irgendwann den Liebeskummer ihrer kleinen Schwester bemerkte und den Jungen mit Nichtachtung strafte. Das blumengeschmückte Bildnis der schwarzen Madonna im Torbogen, die heiße Schokolade, unbeschreiblich süß, zähflüssig wie Teer. Yola trank drei Tassen davon und erbrach sich danach, mitten auf dem Rynek Glowny, während eines der dreirädrigen Taxis, die für eine Kombi-Tour zum KZ Auschwitz und zu den Salzminen warben, dicht an ihr vorbeifuhr.

Vorbei. Eben noch da und dann weg. Unfassbar, dass man sich nie wieder sehen soll, nicht in diesem Leben zumindest. Und immer noch fraglich, ob es ein anderes gibt.

Auf dem Speicher findet Anne zwei Umzugskartons, die sie auffaltet, den Boden mit Klebeband stabilisiert. Sie geht in Yolas Zimmer. Holt die Kleider aus dem Schrank. Faltet sie neu. Legt die Stapel in die Kiste. Darauf die Bücher, die Ordner, die Pinnwand mit ihren Fotos. Die Stifte und Notizbücher, die Zeitschriften und Stofftiere. Sie legt alles in den

Karton, nimmt sich den nächsten Schrank vor, das nächste Regal. Es ist fast hell, als sie fertig ist. Sie legt sich auf Yolas Bett. Sie kann sie nicht riechen. Vielleicht hatten sie den gleichen Geruch. Vielleicht ist es das. Yola, wie sie die Augen zusammenkneift, um die Brille nicht tragen zu müssen. Sie steht vor einem Schaufenster, sieht die Auslage an, betrachtet sich kurz. Von Ferne sieht sie fast erwachsen aus, von Nahem nicht. Yola am Morgen, das Muster des Kissens auf ihrer Wange. Ihre Ungeduld, manchmal ihr Unglück. Ihr seltsames Lächeln. Zögerlich. Bittend. Um was eigentlich?

Am frühen Nachmittag holt Anne David am Bahnhof ab. Sie sieht ihn erst, als er vor ihr steht. Seine Reisetasche über der Schulter, einen roten Pullover unter der Lederjacke, den sie noch nie an ihm gesehen hat. In der Stadt ist viel Verkehr. Verkaufsoffener Sonntag, sagt David. Er hat ihr etwas mitgebracht. Einen Armreif aus Horn. Von welchem Tier? Weiß nicht, sagt David. Irgendwas Afrikanisches.

Sie muss die Hand ganz schmal machen, um den Reif anzuziehen. Lass ihn nicht fallen, sagt David. Sonst geht er kaputt, hat der Verkäufer gesagt.

Nein, sagt sie. Ich passe auf.

Aus dem Auto vor ihnen schauen zwei Jungen durch das Rückfenster und winken. Sie winken zurück. Auf dem Dach der Tankstelle sitzen wieder die Möwen, der Rand des Daches ist ganz weiß von ihrem Kot. Seltsam, denkt Anne, dass ich das jetzt erst sehe. Der Armreif an ihrem Arm schimmert gelblich, wenn die Sonne darauf scheint. Vielleicht von einem Wasserbüffel, denkt sie, oder einer Gazelle. Das Auto vor ihnen biegt ab, die Jungen geben ihnen ein letztes Zeichen: die Daumen hoch, als wollten sie sie für etwas loben.

Woran denkst du?, fragt David.

Schwer zu sagen, sagt Anne. Nichts Besonderes. Und du?

Ich denke ans Klassentreffen. Er wischt sich kurz über den Bart und durch die Haare. Es ist seltsam, sagt er. Wir tun so, als ob die Zeit stillsteht. Als ob es alles noch so wäre wie früher. Und diese alten Geschichten … Es kommt einfach nichts Neues dazu. Ich fühle mich wie ein Schauspieler. Wir spielen die Feuerzangenbowle nach. Er seufzt. So lustig war das eigentlich alles nicht. Damals.

Sie setzen sich mit Decken auf die Terrasse. Essen Suppe, von der ihnen warm wird. Betrachten die Hunde, die sich am Rand der Terrasse sonnen.

Und, irgendwas passiert?, fragt David.

Nein. Sie hält den Teller schräg, um den letzten Rest Suppe heraus zu löffeln. Eine Dame lässt immer etwas übrig. Wer hat das gesagt? Ihre Großmutter? Seine? Dann ist sie eben keine Dame. Dafür bleibt das Wetter schön.

Christa hat angerufen, sagt sie. Heute Morgen. Sie ist wieder mit dem Schweden zusammen.

Sie sehen sich an, lächeln.

Vorübergehend, sagt Anne.

Hoffentlich, sagt David.

Und Karen hat angerufen. Sie kommt am Dreiundzwanzigsten.

Schön, sagt David. Dann kann sie mit mir den Baum kaufen gehen.

Einen großen diesmal?, fragt Anne.

David überlegt. Ja, sagt er, diesmal sind wir dran.

Die großen und die kleinen Bäume: David und Karen auf der einen Seite, Anne und Yola auf der anderen, im jährlichen Wechsel. Letztes Jahr haben sie keinen Baum gehabt, nur ein paar Äste, die Karen im Wald gesammelt hat. Diesmal also einen großen. Anne wird einige Kugeln dazukaufen müssen, jedes Jahr verschwinden welche. Irgendwo, unerklärlich. Wie Socken, Löffel, Schlüssel.

Es wird kalt, sagt David.

Sie nehmen ihre Decken und Teller. Rufen die Hunde. Schließen die Tür hinter sich.

Der Nachmittag ist vorbei, es wird Abend, dann Nacht, dann wieder Morgen. Die Tage vergehen, einer nach dem anderen. Sie nehmen etwas mit und bringen etwas zurück. Und wir, denkt Anne, wir stehen hier und schauen ihnen nach.

Komm, sagt David, ich mache uns einen Tee.

Ja, sagt sie. Ich bin schon da.

II
DAVOR

Am Morgen ihres letzten Tages auf der Insel trafen sich alle zu einem Spaziergang am Deich. Frank und Esther hätten nicht kommen müssen. Sie hätten in ihren Zimmern warten können, bis die anderen das Hotel verlassen hätten, und dann wäre Frank zu Esther gegangen. Zwei geschenkte Stunden. Die Geräusche des Zimmermädchens auf dem Flur, ihr Klopfen an der Tür, und Esther, die gerufen hätte: Nicht jetzt! Bitte nicht jetzt! Aber ihr Fehlen wäre aufgefallen. Möglich, dass einer der anderen Teilnehmer gefragt hätte, wo ist Frank, hat jemand Frank gesehen?, oder dass die Dozentin aus Grenoble nach Esther gesucht hätte, um sich bei ihr einzuhängen und eines der Gespräche zu führen, die Esther mit ihrer Vertraulichkeit verblüfften. Möglich auch, dass jemand bemerkt hätte, dass sie *beide* fehlten, und seine Schlüsse daraus gezogen hätte.

Das Wasser hatte sich weit zurückgezogen und dunklen Schlamm hinterlassen. Eine Lachmöwe stelzte durch den Schlick. Schafe grasten zu beiden Seiten des Dammes, dazwischen Lämmer mit langen, durchscheinenden Ohren.

Deichlämmer, sagte Thomas, der die Insel gut kannte. Eine örtliche Delikatesse.

Als ihn einige der Frauen bestürzt anblickten, setzte er eine spöttische Miene auf. Der Wind war stärker geworden, er riss einem Radfahrer die Kappe vom Kopf, schleuderte sie auf die von Kot gesprenkelte Wiese. Ein langbeiniger Hund stürmte den Schafen hinterher, ihr Meckern wurde lauter, eine Frau schrie den Namen des Hundes, für einen kurzen Moment kam Panik auf, dann machte der Hund mitten im Laufen kehrt, rannte zu seiner Besitzerin zurück, die letzten Meter mit gesenktem Oberkörper. Erwartungsvoll, nicht reumütig. Esther hörte, wie jemand sagte: So verrecken den Schafen die Lämmer im Leib. Ein Möwenschwarm flog über das Wasser, weit draußen auf dem Meer konnte Esther helle Flecken sehen, wie Schwäne oder Bojen. Sie legte sich eine Hand über die Augen, doch die Flecken wurden nicht deutlicher.

Seeräuber gesichtet?, fragte Frank.

Nein, sagte Esther.

Sie drehte sich zu ihm um, er stand so nah, dass sie ihn hätte berühren können.

Nein, keine Seeräuber. Lass uns weitergehen, vorsichtig bist du nicht gerade.

Sie waren zwölf Mediävisten. Sie kamen aus Frankreich, Spanien, Dänemark, Deutschland, England und der Schweiz, sie waren – wie Frank es gegenüber Esther ausgedrückt hatte – der langweiligste internationale Haufen, den man sich vorstellen konnte.

Auf Außenstehende müssen wir verrückt wirken, hatte er gesagt, als sie am Ankunftstag beim Abendessen nebeneinandersaßen. Draußen toben Kriege, das Klima spielt verrückt, Flugzeuge stürzen ab und Züge entgleisen, und wir streiten uns darüber, ob die Minnegrotte Metapher oder realer Ort sei.

Er schüttelte den Kopf und lachte leise, und Esther sagte: Das hat doch nichts miteinander zu tun.

Frank entgegnete: Genau das sage ich ja.

Dann hatten sie geschwiegen und Esther hatte versucht, ein Gespräch mit dem Mann zu ihrer Rechten anzufangen, einem weißhaarigen Professor aus Sheffield, der so sehr mit seinem Essen beschäftigt war, dass er Esthers Frage nach seinem Forschungsgebiet mit einem einzigen Namen – Erec – beantwortete. Als sie sich von ihm abwandte, sah sie, dass Frank sie anlächelte, und unwillkürlich lächelte sie zurück.

Das Hotel, in dem die Tagung stattfand, war ein zweistöckiges, reetgedecktes Haus, das direkt am Meer stand. Vom Sitzungszimmer aus waren Himmel und Wasser zu sehen, beide von stumpfem Grau und nur durch eine dunkle Horizontlinie voneinander getrennt. Während der Referate konnte Esther den Blick schweifen lassen. Manchmal trieben Böen die Wolken eilig vorüber, manchmal schien für Minuten die Sonne und blendende Messingblitze tanzten auf dem Wasser. Einmal sah Esther einen Raubvogel, der seine Beute im Schnabel hielt – einen Fisch oder ein junges Nagetier –, einmal ein Flugzeug, das auf die Hauptstadt der Insel zusteuerte. Natürlich würde hier im Sommer mehr zu sehen sein: Schiffe, Boote, vielleicht Surfer und schwimmende Plafonds, auf denen sich die Badenden ausruhen konnten. Sie sah sich selbst die wenigen Schritte zum Meer rennen, die Haare so blond wie das vom Wind gebeutelte Gras zwischen den Dünen. Jetzt war November, es war kalt und außer ihnen gab es kaum Touristen auf der Insel. Die Einheimischen bedachten sie mit argwöhnischen Blicken und grüßten nicht.

Die Reihenfolge der Referate schien keiner inhaltlichen Logik zu folgen. Einem Referat zur Frau als Naturwesen folgte eines über ritterliche Integrationsrituale, an das sich Ausführungen zu Treue und Freundschaft in einer Brautwerbung des *Kudrun*-Epos, zur Queste in Wolframs *Parzival* und zur Frage der Willensfreiheit in mittelalterlichen Epen sowie je ein Vortrag zur Liebe in den deutschen Artusromanen, zum treuen Eckart im Venusberg, zu Diskursinterferenzen von Ehe und Gewalt und zur Korrespondenz zwischen Rittern und höfischen Damen anschließen sollten. Den Schlusspunkt würde eine Sichtung des Mittelalter-Booms in populären Filmen, Büchern und Spielen setzen.

Esthers Referat war für den Nachmittag vorgesehen. Sie hatte die ganze Nacht wachgelegen, auch wenn sie sich immer wieder versicherte, nicht aufgeregt zu sein. Die Umgangssprache auf der Tagung war Englisch. Als Esther mit ihrem Vortrag begann, hatte sie den Eindruck, die Worte sperrten sich in ihrem Mund wie eine zähe Masse. Sie hörte sich selbst reden, den allzu deutschen Klang der englischen Worte, den sie durch eine übertriebene Betonung auszugleichen versuchte. Sie merkte, wie ihr heiß wurde, wie ihre Hände zitterten. Sie war durstig, aber sie brachte nicht den Mut auf, nach dem Glas Wasser zu greifen. Dann sah sie, wie der Assistenzprofessor aus Valencia, der sich am Morgen mit salbungsvoller Miene vorgestellt hatte, seinen Nachbarn anschaute, eine Spur von Verblüffung im Blick, die Andeutung eines Lächelns, das eine Einladung war, sich über sie lustig zu machen. Sie wurde wütend, und die englischen Sätze ergaben sich ihr, ließen sich mit einem Mal handhaben, klangen überzeugend und richtig.

Am Abend – Esther saß wieder neben Frank: die Sitzordnung war aus Trägheit beibehalten worden – wurden sie von einer Kellnerin bedient, deren Aussehen von so durchscheinender Blässe war, dass Esther sie für krank hielt.

Da liegen Sie falsch, sagte Frank. Er klang gleichgültig

und auf nachlässige Art belehrend. Sie ist Albino, darum auch die hellen Augen.

Tatsächlich hatte die Frau wasserblaue Augen, in deren Mitte sich das Schwarz der Pupille wie ein Eindringling ausnahm. Ihr Haar war fast weiß, die ganze Person eine unwirklich helle, alterslose Erscheinung.

Ach, sagte Esther.

Frank hatte etwas an sich, das sie dazu brachte, sich dumm zu fühlen, unerfahren und einfältig wie ein Teenager. Dabei konnte er nicht viel älter sein als sie: Mitte dreißig, schätzte sie, höchstens.

Wissen Sie, Frank senkte seine Stimme zu einem Flüstern, dass Albinos in manchen Ländern als Unglücksboten gelten?

Er schob sich mit einer Hand die dunklen Locken zurück, seine Stirn war hoch, quer verlaufende Falten zeichneten sich darauf ab, schwach wie ausradierte Skizzen. Unter einem schwarzen Jackett, das alt war oder nur so scheinen sollte, trug er ein himbeerrotes Hemd, dessen offene Manschetten auf die Handrücken fielen. Die Brille mit silbernen Metallbügeln und kreisrunden Gläsern war zu klein für sein Gesicht. Ein altmodisches Relikt, das zu einer anderen Zeit, einem anderen Mann zu gehören schien. Es musste einige Tage her sein, dass er sich rasiert hatte, auf Kinn und Wangen lag ein Schatten. Selbst im Sitzen wirkte er groß. Stark und linkisch, dachte Esther, wie ein junges Tier, das von seinen eigenen Dimensionen verblüfft wird.

In anderen Ländern hingegen – Frank faltete seine Serviette zusammen, während er, scheinbar gelangweilt, sein Wissen darbot – galten Albinos lange Zeit als göttlich, sie waren nicht gerade Glücksbringer, aber mit übersinnlichen Fähigkeiten ausgestattet. Wenn Sie also noch einen Wunsch haben, er lächelte maliziös, ein Glas Wein zum Beispiel oder ein Wasser, sollte das drin sein.

Sie sieht schön aus, sagte Esther und wandte sich wieder ihrem Essen zu.

Frank sagte sehr deutlich: *Sie* sehen schön aus.

Er sagte es so, als schlösse seine Aussage jene von Esther aus. Als verkündete er eine unumstößliche Wahrheit, kein Kompliment.

Danke, sagte Esther, und er fragte: Wofür?

Das Essen war beendet. Sie blieben sitzen, während die anderen bereits aufstanden und sich in Grüppchen in den angrenzenden Raum begaben, den ein kleines goldenes Schild neben der Schiebetür als Lounge auswies.

Aber Ihre Stimme ist seltsam, fuhr Frank fort, so unweiblich. Sie reden – seine Worte wurden begleitet von einem kleinen rauen Lachen – wie ein ganzer Kerl.

Er sah Esther abwartend an, und sie zuckte die Achseln und erhob sich.

Warten Sie!, sagte er und legte ihr eine Hand auf den Arm. Das war nicht sehr freundlich von mir, entschuldigen Sie. Fragen Sie mich nicht, warum ich Sie reizen will.

Er sah sie von unten herauf an und schien für einen Moment wirklich zerknirscht.

Vielleicht, überlegte er, weil es so schrecklich langweilig hier ist. Kann das sein?

Er beugte sich näher zu Esther hin und zog sie gleichzeitig zurück auf ihren Stuhl.

Ich verrate Ihnen etwas, sagte er im Tonfall der Konspiration. Jede Tagung, die ich besuche, bestärkt mich in meinem Entschluss, die Universität zu verlassen.

Ist das wahr?

Esther näherte ihr Gesicht dem seinen, und bevor er antworten konnte, fragte sie sehr sanft: Und warum, meinen Sie, sollte mich das interessieren?

Frank griff mit beiden Händen nach seiner Brille und nahm sie ab, seine Augen sahen plötzlich harmlos aus, er sah kurz den Kellnern hinterher, die die letzten Gläser abräumten, dann sagte er: Nun, weil auch Ihnen langweilig ist.

Das typische Geplänkel, würde Esther später sagen und hinzufügen: Ich fand dich schrecklich, wirklich. Aber sie würde auch zugeben, dass sie sich da schon in ihn verliebt habe. Sie würde nicht sagen: verliebt. Sie würde sagen, du warst attraktiv, auf verwirrende Weise anziehend, und er wäre es, der sagen würde: Also Liebe auf den ersten Blick.

Vielleicht war es wirklich die Langeweile, die Esther und Frank zusammengebracht hatte – und der Umstand, dass ihnen alle anderen Teilnehmer des Kongresses schlicht unmöglich erschienen: Claire aus Grenoble, kaum älter als Esther, aber von altjüngferlicher Anhänglichkeit. Der weißhaarige Johan Mortimer aus Sheffield, der die meisten Referate mit grimmigem Kopfschütteln begleitete. Die sommersprossige Dänin Lone, deren Englisch von schwedischen Wörtern und grundlosem Lachen durchsetzt war. Die arrogante Professorin aus Paris. Der eitle Assistenzprofessor aus Valencia. Thomas, der nervöse Initiator der Tagung. Die beiden dicklichen Mediävisten aus Bern. Henner, ein narkoleptischer Doktorand aus Berlin, der mit seiner Professorin angereist war.

Nach dem Abendessen waren sie nur kurz zu der restlichen Gruppe in die Lounge gegangen. Esther hatte sich mit Claire unterhalten, die ihr beinahe sofort von einem Leiden erzählte, das sie seit frühester Kindheit plage, eine Darmkrankheit, die es ihr verbot, Zucker in jeglicher Form zu sich zu nehmen. Esther war nicht sicher, ob sie alles richtig verstand. Sie nickte und suchte mit ihren Blicken Frank, der am Kamin lehnte und dem Gespräch zwischen Lone und dem Spanier folgte. Er lächelte nicht, nicht wirklich zumindest. Er presste die Lippen aufeinander und zog eine kleine, nicht zu deutende Grimasse, mit einer steilen Falte zwischen den Augenbrauen. War er belustigt oder hörte er nur angestrengt zu? Als sie ihn beim Essen von der Seite betrachtet hatte, war ihr aufgefallen, wie dick die Gläser seiner Brille waren. Jetzt konnte sie das Ausmaß seiner Kurzsichtigkeit nur daran erkennen, dass seine Augen riesig schienen, dunkle Fische, die von rechts nach links schossen. Er hatte einen schönen Mund, das hatte sie schon früh bemerkt. Die Lippen waren schmal, aber auf eine Art geschwungen, die Esther an jemanden erinnerte: Den ganzen Nachmittag hatte sie überlegt, an wen, doch es war ihr nicht eingefallen. Wenn er sprach, konnte man sehen, dass die oberen Eckzähne ein wenig vorstanden. Er bemerkte ihren Blick und nickte ihr zu. Als sie kurz darauf den Raum verließ und sich im Foyer den Schmuck in einer der Vitrinen anschaute, folgte er ihr.

Schau nicht so düster, sagte er, als sie sich zu ihm umdrehte.

Er war vom Sie zum Du gewechselt, er hatte es nicht für nötig gehalten, sie zu fragen, ob ihr das recht sei.

Ich schaue nicht düster, sagte Esther. Sie klang verärgert, und er legte eine Hand unter ihren Ellbogen: Lass uns etwas rausgehen.

Und jetzt?, fragte sie, als sie vor dem Hotel standen.

Sie sah zum weißen Holztor am Ende der Auffahrt und stieß die Fußspitze in den Kies. Das gelbe Licht einer altmodischen Laterne beleuchtete die Auffahrt und einen Teil des planierten, von Beeten gesäumten Vorgartens. Drei Fahnen waren an hohen Masten neben dem Tor angebracht: deutsch, schwedisch, dänisch. Dunkel glänzende Autos standen in akkurater Reihe im Innenhof, eine geduldig wartende Armada.

Wie wäre es mit einem Spaziergang?

Sie liefen die Auffahrt hinunter, gingen einige Meter auf dem Gehsteig, bis sich links von ihnen ein Weg in die Dünen öffnete.

Gib mir deine Hand, sagte Frank, und sie gab sie ihm.

Der Boden unter ihren Füßen wurde lockerer, bald liefen sie durch Sand. Die Gräser streiften ihre Beine, der Wind hüllte sie in einen Kokon aus Lärm und Kälte. Die Wellen warfen sich gegen den Sand und ließen einen breiten Rand Gischt zurück: eine zitternde, poröse Masse, die an Watte oder Isolierschaum erinnerte und in winzigen Fetzen über den Sand trieb. Er hatte ihre Hand inzwischen losgelassen, und sie bückte sich und berührte den Schaum, der sich sofort auflöste.

Das Hotel wirkte vom Strand aus größer. Das untere Geschoss und einige der Zimmer waren erleuchtet, die Bäume im Garten beugten sich einander zu, schwarze, trunkene Riesen, die bedrohlich wankten. Sie liefen einige Schritte und wechselten dann die Richtung.

Allein hätte ich hier Angst, gestand Esther und bereute es sofort. Wegen der Dunkelheit, meine ich. Und weil niemand einen hört, wenn man schreit.

Frank sah sie kurz an, sie konnte seinen Gesichtsausdruck nicht erkennen, aber sie stellte sich vor, dass er spöttisch war.

Nun, allein bist du immerhin nicht.

Dann schwiegen sie wieder, und es war gut, dass sie aufs Meer schauen und so tun konnten, als würde sie das, was sie da sahen – die heranrollenden Wellen, die Wolken, die sich gemächlich wie grasende Tiere vor das blasse Rund des Mondes schoben –, voll und ganz in Anspruch nehmen.

Tja, sagte Esther schließlich und kreuzte fröstelnd die Arme vor der Brust.

Warum sprach er nicht? Weshalb hatte er mit ihr spazieren gehen wollen, wenn er dann nichts zu sagen hatte? In ihren Ärger über ihn mischte sich Wut auf sich selbst: Wieso war sie überhaupt mitgegangen?

Ich geh wieder rein, sagte sie, schroffer als geplant, und Frank drehte sich zu ihr um, ruckartig, als hätte sie ihn erschreckt, und rief mit seltsam dünner Stimme: Warte! Er räusperte sich. Lass uns noch ein bisschen bleiben. Ist dir kalt?

Er trat näher an sie heran und wiederholte leise: Ist dir kalt?

Als sie nickte, legte er beide Hände auf ihre Oberarme und rieb sie.

Besser so?

Ich sollte ihn bitten, damit aufzuhören, dachte Esther. Gleichzeitig kam ihr ein Bild in den Kopf, ein Ferientag in den Bergen, wie alt war sie gewesen? Acht oder neun? Sie war beim Skilaufen hingefallen, der hellblaue Anzug nass von Schnee, der sich sogar in den Spalt zwischen Kragen und Nacken schlich. Sie hatte gezittert und mit dem Gedanken gespielt, zu weinen, und ihr Vater hatte sie ebenso gewärmt.

Sie sagte: Ja. Besser so.

Die Lämmer näherten sich neugierig den Spaziergängern, leise meckernd, als wollten sie einander warnen. Sie hatten wollige, plumpe Stirnen und kurze Schwänze. Von den Augenwinkeln zogen sich schwarze Striche herab, die ihnen ein exotisches Aussehen gaben. Claire versuchte, eines der Lämmer zu streicheln, doch als sie die Hand ausstreckte, machte es zwei Sprünge nach hinten.

Sie liefen auf dem Deich nach Süden, das Watt zu ihrer Linken, rechts von ihnen Wiesen, Bäume, ein Zaun, hinter dem Zaun der Souvenirladen, in dem es Mobiles aus Holzfiguren, handbemaltes Geschirr, Muscheln und Aquarelle zu kaufen gab. Am zweiten Tag, in der freien Stunde zwischen dem letzten Vortrag und dem Beginn des Abendessens, hatte Esther hier eines der Bilder gekauft. Es hatte an einer Zuckerdose gelehnt, und sie war so unvorsichtig gewesen, es in die Hand zu nehmen, um es genauer zu betrachten. Matte, verwischte Farbflecken, abstrakt genug, dass sich erst bei näherem Hinsehen die Insel darin erkennen ließ. In der rechten unteren Ecke die Initialen K. und W. Als sie aufblickte, stand die Verkäuferin nur eine Armlänge von ihr entfernt. Im schmalen Gang zwischen den Regalen wirkte sie plump, beinahe unförmig. Unter einem türkisblauen Umhang trug sie ein beiges Kleid, das ihre Formen überdeutlich abzeichnete.

Schön, sagte Esther erschrocken. Sehr schön.

Sie lächelte, während die Verkäuferin sie noch immer ungerührt ansah, und statt es zurückzustellen, trug Esther das Bild zur Kasse.

I don't like lambs, stellte Johan Mortimer fest.

Esther war sich nicht sicher, ob er die Tiere meinte oder das Essen. Zwischen dem Schilf entdeckte sie eine Gruppe von Vögeln, reglose, schwarzhalsige Tiere, die im niedrigen Wasser hockten und nur von Zeit zu Zeit ihre Köpfe nach vorne stießen. Der Deich endete an einem Durchgang. In den Boden war ein breites Eisengitter eingelassen, das die Schafe davon abhielt, den Deich zu verlassen. Unter dem Gitter war die Erde einen halben Meter tief ausgehoben. Sie passierten einer nach dem anderen den Durchgang. Esther war die Letzte. In einiger Entfernung konnte sie Lone sehen, die zu Beginn des Spaziergangs über Kopfschmerzen geklagt hatte und auch jetzt noch unzufrieden aussah, und Frank, dessen Haar im Nacken über den Rand der Jacke hing. Direkt vor ihr liefen Henner und seine Professorin. Es war vor allem Henner, der sprach. Die Professorin machte von Zeit zu Zeit ein Zeichen mit der Hand: Leiser. Sie hatte die braunen Haare unter eine wollige weiße Mütze geschoben, wodurch ihr schmales, spitzes Gesicht noch kleiner wirkte.

An einer Landstraße blieb die Gruppe stehen.

Vom Wattenmeer zur Nordsee, erklärte Thomas mit lauter Stimme, sind es an der schmalsten Stelle der Insel nur sechshundert Meter. Wir sind jetzt an ungefähr dieser Stelle. Will heißen – er zeigte mit ausgestreckter Hand auf die Häuserreihe jenseits der Straße – hinter diesen Häusern befindet sich das Meer.

Er klang sicherer als die Tage zuvor, und einen Moment lang schien es, als wollte er noch mehr sagen, doch dann ließ er die Hand sinken und sie überquerten die Straße. Frank hatte auf Esther gewartet und lief nun neben ihr.

Das ist alles höchst interessant, sagte er in gelangweiltem

Tonfall. Die Frage ist bloß, ob es nicht doch ein Fehler war, mitzugehen.

Er schniefte kurz, während er in seinen Jackentaschen kramte.

Hatte ich keine Handschuhe dabei? Er sah Esther Hilfe suchend an, und sie sagte: Woher soll ich das wissen?

Herrje, sagte er und steckte missmutig seine Hände in die Taschen. Es *war* ein Fehler, mitzugehen.

Sie hatten einen kleinen Kiefernhain durchquert und liefen durch eine Wohnstraße. Die meisten der Häuser hatten Namen, die in verschnörkelten Eisenbuchstaben an der Hauswand angebracht oder mit weißer Farbe auf das Garagentor geschrieben waren. Ein Bauschild kündigte neue Reihenhäuser für Einheimische an.

War mit der ersten Berührung am Strand bereits alles entschieden? Esther stellte sich diese Frage, als sie zurück ins Hotel gingen, und dann noch einmal, als sie nicht einschlafen konnte. Am Morgen stellte sie auch Frank die Frage, und er schob das Kissen unter seinem Kopf zurecht und fragte schläfrig: Wie soll man das denn so genau wissen?

Esther kam seinem Gesicht sehr nahe: Die Lider seiner geschlossenen Augen bebten, sie konnte den Augapfel darunter ausmachen, seine eiligen Bewegungen.

Ich meine, sagte sie, war es wirklich unvermeidlich? Hätten wir nicht aufpassen oder uns, sie suchte nach einem passenden Wort, dann sagte sie feierlich: *beherrschen* müssen?

Sie wusste selbst nicht, was sie hören wollte: eine Erklärung vielleicht, eine unangreifbare Theorie, die sie von jeder Schuld freisprach. Frank hob den Kopf vom Kissen und betrachtete sie mit zusammengekniffenen Augen.

Weiß nicht.

Er schüttelte den Kopf wie ein Hund, der sich die Nässe aus dem Fell schleudert.

Doch, hätten wir wohl schon.

Er lächelte sie kurzsichtig an, dann legte er seinen Kopf auf ihren Bauch, packte ihr T-Shirt mit den Zähnen und schob es nach oben.

Wollte ich aber nicht, sagte er.

Sie hatten den Wecker auf halb sieben gestellt. Zeit genug für Frank, in sein Zimmer zu gehen. Zeit genug, um heiß und kalt zu duschen und die Müdigkeit zu vertreiben. Zeit genug, um sich auf die Begegnung im Frühstücksraum vorzubereiten und um das schlechte Gewissen, das aufzukommen drohte, zu beruhigen. Denn ein schlechtes Gewissen hatten sie. Beide waren sie verheiratet – sie hatten es einander in der Nacht gestanden, zu einem Zeitpunkt, als ohnehin schon alles zu spät war. Sie hatten vermieden, zu behaupten, sie seien unglücklich. Im Gegenteil: Sie lobten ihre Ehepartner in höchsten Tönen. Frank erzählte von seiner Frau Ara, die einen Antiquitätenladen betreibe, mit Möbeln so elegant und erlesen wie sie selbst. Und Esther sprach von Jean als ihrem Traummann. Tatsächlich habe sie zu Beginn ihrer Beziehung – also vor elf Jahren, fast zwölf – oft von ihm geträumt. Frank nickte nachdenklich und sagte, er träume selten, aber er verstehe, was sie meine. Sie waren großzügig und loyal, zufrieden mit ihren Ehen, ihren Leben, und das einzig Befremdliche war, dass sie während dieses Gesprächs nackt auf Esthers Bett lagen, schläfrig und reuelos wie Hauskatzen.

So wenig sie am ersten Abend gesprochen hatten, so viel sprachen sie jetzt miteinander. Es war, dachte Esther, als hätten sie erst das Wichtigste klären müssen, bevor sie sich eingehender miteinander beschäftigen konnten. Ihre Stellung zueinander. Die Art, von der ihre Beziehung sein würde.

Frank erzählte von seiner Familie. Seine Eltern kamen ursprünglich aus Russland. Sie bat ihn, einige Wörter auf russisch zu sagen, er tat es, und es klang schön und fremd. Seine Schwester war, kaum volljährig, nach Moskau gegangen, und es war ein Schock für seine Eltern gewesen.

Für sie musste es so aussehen, als verurteilte sie ihre Lebensentscheidung, sagte Frank. Dass sie ihr Land verlassen hatten, geschah für uns, ihre Kinder, und nun machte meine Schwester das alles rückgängig.

Es nutzte nichts, dass die Schwester beteuerte, sie sei dankbar und das Leben in Russland in vielem härter. Es half auch nicht, dass sie drei Jahre später mit ihrem russischen Ehemann Jacub zurück nach Deutschland kam. Die Beziehung zu ihren Eltern blieb gestört. Der Vater hatte inzwischen seine Stelle als Automechaniker verloren, nun wartete er auf die Frührente, während seine Frau weiterhin als Drogistin arbeitete und Frank Tiefkühlkost auslieferte, um sein Studium zu finanzieren.

Du warst ein *BoFrost*-Mann?, fragte Esther neckend.

Auf mich warteten eine Menge einsamer Hausfrauen, entgegnete Frank mit vielsagender Stimme.

Esther stützte sich auf die Ellbogen, um ihn besser anschauen zu können.

Tatsächlich?

Sie lachte, gleichzeitig bemerkte sie einen Stich der Eifersucht.

Frank fasste mit beiden Händen nach ihren Handgelenken, führte sie über ihrem Kopf zusammen und drückte sie auf die Matratze. Ich muss aussehen, als ergäbe ich mich, dachte Esther und versuchte Franks Hände abzuschütteln. Vergeblich. Er sagte, ja, tatsächlich, dann küsste er ihren Mund, ihre Schultern und Brüste, er hielt immer noch ihre Handgelenke umklammert, und sie dachte, ich ergebe mich.

Später erzählte sie von ihrer Kindheit, dem Haus am See, der spiegelblanken Fläche, in die sie von ihrem Kinderzimmer aus eintauchen konnte – nicht wirklich, natürlich, aber sie stellte es sich oft vor, wenn sie aus dem Fenster blickte und der See glatt und schwarz unter ihr lag. Sie erzählte von der Trennung der Eltern, dem Glück, dass sie mit ihrer Mutter in dem Haus bleiben konnte, auch wenn die Hälfte der Möbel abgeholt wurde, an einem Herbsttag in dem Jahr, als sie die Schule beendete: Sie war vom Sportunterricht nach Hause gekommen, hatte sich in den Vorgarten gesetzt und dabei zugesehen, wie das Sofa, einer der weinroten Ohrensessel, der Esstisch samt Buffet, aber ohne die dazugehörigen Stühle, der Kleiderschrank, das Klavier, der Teewagen aus Teakholz, der als Hausbar gedient hatte, der Schreibtisch und der Bürostuhl abtransportiert wurden.

Ich saß die ganze Zeit da, während die Möbelpacker rein- und rausgingen, sagte sie. Sie grüßten kurz, dann ignorierten sie mich. Meine Mutter war nicht zu sehen, wahrscheinlich hatte sie sich ins Schlafzimmer zurückgezogen. Als sie fertig waren, winkte mir einer der jüngeren Arbeiter zum Abschied zu, er hatte rote Haare, die sich mit dem Violett des Overalls bissen.

Sie lachte.

Jean hat auch rote Haare, weißt du, ich mag das, es sieht so übermütig aus und auch ein bisschen verletzlich. Vielleicht weil es so viele Schimpfwörter für Rothaarige gibt.

Sie überlegte kurz, dann sagte sie leise: Rotfuchs.

Feuerkopf, Kupfermond, warf Frank ein, Hexenzahn.

Sie habe, erzählte Esther, Jean in dem Hotel kennengelernt, in dem sie ihre Ausbildung begonnen hatte. Sie sei Anfang zwanzig gewesen, er fast vierzig.

Ja, stell dir vor: Neben dir liegt eine richtige Hotelfachfrau. – Na ja, fast. Ich habe die Ausbildung nicht beendet.

Jean sei Gast gewesen in dem Hotel. Er war auf der Durchreise, sagte sie. Er wollte eigentlich nur zwei Tage in Deutschland bleiben, dann zurück nach Brüssel, wo er mit seiner Familie lebte. Er und seine Frau hatten zwei fast erwachsene Söhne, von denen der ältere taub war. Darum beherrschte Jean auch die Zeichensprache. Als er nach vier Tagen abreiste, sagte er ihr auf diese Weise etwas, das sie nicht verstand. Was heißt das?, hatte sie gefragt, aber er wollte es nicht verraten.

Bis heute nicht, sagte sie. Wahrscheinlich bedeutete es: Ich liebe dich. Oder: Auf bald.

Sie drehte sich von Frank weg.

Aber eigentlich, murmelte sie, war es dafür zu lang.

Sie überlegte, dann sagte sie leise: Vielleicht hieß es: Wir Belgier verehren die deutschen Frauen für ihre Kochkünste.

Sie schnaubte ins Kissen.

Oder: Mein Zug fährt gleich ab, wie komme ich zum Bahnhof?, schlug Frank zaghaft vor. Esther lachte.

Und ich habe ihn nicht verstanden und ihm darum nicht den Weg erklärt!

Nun lachten sie beide, und wenn sie aufhörten, machte einer von ihnen einen neuen Vorschlag – er hat sich über die Sauberkeit in dem Zimmer beschweren wollen, er fand die Preise überhöht –, und sie mussten von Neuem lachen.

Vielleicht hat er dir sagen wollen, dass er dich eigentlich nicht mag, platzte Frank heraus, doch da sagte Esther: Hör auf. Es reicht.

Er fuhr auch tatsächlich zurück, begann sie erneut nach einer Pause, in der sie sich nicht angesehen hatten. Aber wir schrieben uns.

Zögerlich zunächst: harmlose kleine Briefe, flirtend, das ja, aber ohne dass sie einander Versprechungen machten oder eine gemeinsame Zukunft entwarfen. Irgendwann wurden sie deutlicher, er fing damit an, glaubte Esther später, aber sicher war sie sich nicht. Hatten sie das damals alles ernst gemeint? Seine Behauptung, unglücklich zu sein, ohne sie. Ihre Bitte, dass er zu ihr kommen, bei ihr bleiben möge. War es wirklich das gewesen, was sie fühlten? Oder waren sie einfach leichtsinnig gewesen und hatten etwas zitiert, was zu dieser Art von Briefen passte? Nicht gerade eine Lüge. Aber auch nicht die ganze Wahrheit.

Es war Jeans Frau, die das alles beendete: Sie hatte die Briefe gefunden, Jean hatte sie in einer Zinnvase versteckt, die auf einem der Küchenschränke stand und seit Jahren nicht benutzt worden war. Es hatte einen fürchterlichen Streit wegen der Briefe gegeben. Jeans Frau hatte für drei Tage das Haus verlassen und war unauffindbar gewesen. Als sie wiederkam, verlangte sie die Scheidung.

Ich glaube, sie hatten sich schon lange nicht mehr gut verstanden, sagte Esther. Vielleicht hatte sie auch jemand anders? Ich weiß es nicht. Jean spricht nicht darüber.

Sie betrachtete die Zimmerdecke, die von drei dunklen Längsbalken unterteilt wurde, und langte mit einer Hand nach dem Zigarettenpäckchen auf dem Nachttisch.

Wie dem auch sei. Sie zündete sich eine Zigarette an und

gähnte. Auf jeden Fall kam er dann zu mir, einen einzigen Koffer hatte er dabei, er wollte eine Woche bleiben und blieb bis heute.

Sie lachte in der Erinnerung daran.

Er kündigte telefonisch seinen Job. Bereits nach zwei Wochen begann er, sich nach einer größeren Wohnung umzuschauen und nach einer neuen Beschäftigung. Er war Tierarzt, musst du wissen, und nun fing er als Helfer in einem Tierheim an, bis er die Sprache beherrschte. Das hat mich sehr beeindruckt – diese Konsequenz, meine ich, diese Bereitschaft, alles für mich aufzugeben.

Arbeitet er jetzt wieder als Tierarzt?

Ja, sagte Esther. Er hat eine eigene Praxis. Kleintiere. Mäuse, Ratten, Hamster, Katzen, Hunde. Manchmal würden auch Alligatoren zu ihnen in die Praxis gebracht, vor Kurzem ein Leguan mit einem gebrochenen Zeh.

Die haben lange Zehen, eigentlich eher Finger. Sie hielt ihm ihre weit gespreizte Hand vors Gesicht. Der Mittelfinger, sagte sie, der längste von allen, war ganz rot und dick, und der Alligator machte die ganze Zeit ein sehr sorgenvolles Gesicht.

Warst du denn dabei?

Esther nahm einen letzten Zug von der Zigarette, bevor sie sie im Aschenbecher ausdrückte.

Ich helfe ihm manchmal. Am Wochenende.

Sie beugte sich zu Frank hin und küsste ihn mit spitzen Lippen, und er erwiderte ihren Kuss, der klein und abschließend war wie ein Punkt am Satzende.

Morgen mehr davon, versprach sie und löschte das Licht.

Sie stemmten sich gegen den Wind, der jetzt leichten Regen mit sich brachte. Zwei Frauen mit drei kleinen Hunden kamen ihnen entgegen. Als sie fast auf gleicher Höhe waren, blieben sie mit strengen Gesichtern stehen, um die Gruppe passieren zu lassen. Einer der Hunde bellte kurz und halbherzig, während die anderen beiden quer über den Strand in Richtung der Dünen rannten.

Lone hatte ihre Kappe bis an die Augenbrauen herabgezogen. Sie rieb ihre Hände, um sie aufzuwärmen, drehte sich, lief einige Meter rückwärts und lächelte jeden an, dessen Blick ihr begegnete. Die beiden Schweizer gingen nebeneinander, mit in den Hosentaschen vergrabenen Händen und gesenkten Köpfen. Von Zeit zu Zeit blieb Frank stehen und nahm seine Brille ab, um sie mit einem Taschentuch von den Regentropfen zu reinigen, und Esther verlangsamte unmerklich ihren Schritt, bis er sie wieder eingeholt hatte.

Kinderstimmen drangen an ihre Ohren, ohne dass sie einzelne Worte hätten verstehen können. Als sie sich dem blauweißen Holzhaus der Küstenwacht näherten, sahen sie die Kinder. Eine Gruppe von etwa zwanzig, im Alter zwischen sechs und zwölf, schätzte Esther, alle mit hellblauen Windjacken und roten Halstüchern bekleidet. Sie saßen im Windschatten des Hauses. Zwei Betreuer, junge Männer in den gleichen blauen Jacken, lehnten unbeteiligt an der Holzwand, die Köpfe zurückgelegt, die Augen geschlossen, die Arme auf die Knie gestützt. Esther hatte den Eindruck, dass sie nicht wirklich schliefen, sondern den Kindern etwas beweisen wollten. Dass sie ihnen vertrauten, vielleicht. Oder dass sie trotz der geschlossenen Augen alles mitbekämen. Ein schwarzes Mädchen mit krausen, langen Haaren grub mit einer Hand ein Loch, während es einem Jungen zuhörte, der dicht neben ihr saß und mit prahlerischem Gesicht etwas erzählte. Einer der älteren Jungen führte pantomimisch etwas vor, nur wenige der Kinder schauten ihm dabei zu.

Glaubst du, das sind Pfadfinder?, fragte Esther.

Frank betrachtete mit gerunzelter Stirn die Mädchen und Jungen, bevor er antwortete.

Keine Ahnung. Vielleicht irgendeine kirchliche Sache. Evangelische Jugendgruppe oder so.

Er war stehen geblieben und versuchte mit gekrümmtem Rücken eine Zigarette anzuzünden.

Hilfst du mir mal?, fragte er ungeduldig, und Esther trat näher an ihn heran und hielt beide Hände schützend um die kleine Flamme seines Streichholzes.

Er zog zweimal heftig an der Zigarette, bis die Spitze rot aufglomm, und betrachtete einen vorbeilaufenden Jogger mit engen, glänzenden Synthetikhosen. Dann wandte er sich wieder Esther zu.

Weißt du, dass du Stachelbeeraugen hast?

Esther krauste die Nase, als hätte sie etwas gerochen, das ihr nicht gefiel.

Unsinn.

Doch, so ein komisches helles Grün, fast ein bisschen gelblich. Katzen haben solche Augen. Schlangen auch.

Er steckte sich die Zigarette in den Mundwinkel und fuhr sich mit beiden Händen durch die Haare. Es sah albern aus. So, als machte er jemanden nach. Einen Schauspieler, dachte Esther, oder eine Pose, die er auf einem Bild gesehen hat. Wenn sie an ihm vorbeischaute, konnte sie die Kinder beobachten. Der Junge hatte seine Vorführung beendet und saß nun etwas abseits der Gruppe, die Beine in den Bermudas ausgestreckt, den Blick seiner Hand zugewandt, mit der er immer wieder über den Sand strich. Es war offensichtlich, dass die anderen Kinder ihn nicht mochten und dass auch seine Vorstellung daran nichts geändert hatte. Drei Mädchen waren ans Ufer gelaufen und wichen springend den Wellen aus. Die Betreuer hatten sich erhoben, sie standen mit verschränkten Armen vor dem Holzhaus und betrachteten die Kinder. Wie zwei Wachleute, dachte Esther. Oder wie Forscher. Als handelte es sich bei diesem Ausflug um ein Experiment. Als sei die eintönige, ereignislose Veranstaltung eine Versuchsanordnung und die Kinder die freiwilligen oder unwissenden Probanden.

Frank beugte sich mit einer raschen, unerwarteten Bewegung nach vorne und küsste Esther auf den Mund. Aus den Dünen war ein Ächzen zu hören und gleich darauf ein Geräusch, das wie das Zuklappen einer Tür klang. Ein Vogel schrie böse auf und flog über die Düne. Keine Möwe, wie Esther zuerst gedacht hatte. Der Vogel war kleiner als eine Möwe, sein Rücken schwarz, der Bauch leuchtend weiß. Kurz ließ er sich von der Luft tragen, dann begann er umso heftiger zu schlagen und entfernte sich rasch.

Was war das für ein Vogel?, fragte Esther.

Frank drehte sich suchend um.

Wo?

Esther schüttelte den Kopf.

Egal.

Sie stellte den Kragen ihrer Jacke auf.

Egal, wiederholte sie. Wir sollten uns beeilen.

Sie liefen los, nahe am Ufer, wo der Sand fester war und schraffiert wie Quarz.

Auch wieder da?, fragte Henner, als sie die Gruppe erreichten.

Zigarette, entgegnete Frank knapp und hob wie zum Beweis seine Hand mit der brennenden Zigarette hoch.

Schon klar, sagte Henner.

Seine schwarzen kurzen Haare sahen feucht aus. Statt wie sonst glatt am Kopf anzuliegen, standen sie dicht wie das ölige Fell eines Bibers über seiner Stirn. Er grinste und gab dabei ein klackendes Geräusch von sich, das er weit hinten im Gaumen erzeugen musste. Er wandte sich von ihnen ab. Esther hob eine der braunen Früchte auf, die überall am Strand lagen, kirschgroße, gummiartige Hülsen, die sich eindrücken, aber nicht öffnen ließen, und schmiss sie Henner hinterher, ohne ihn zu treffen. Frank lachte.

Henner-Penner, flüsterte er.

Sie hatten ihm diesen Namen gegeben, weil er mehrmals während der Vorträge eingeschlafen war, den Kopf auf die Tischplatte gesenkt, den Mund hilflos offen stehend, dann und wann ein sanftes Rasseln von sich gebend. Ich möchte etwas erklären, hatte Henner in der Mittagspause des zweiten Tages angekündigt. Er war aufgestanden, um zu sprechen, und hatte sich mit gespreizten Händen auf dem Tisch abgestützt. Ein Knopf seines Jacketts war geschlossen, der spitze Kragen des dunklen Hemdes überlappte das schmale Revers. Er hatte etwas Ungepflegtes an sich. Esther wusste nicht, ob es an seiner Kleidung lag oder nur an der Art, wie er sie trug. Das Hemd ungebügelt, die Jacke zu eng, die Hose gerade um so viel zu kurz, dass es noch keine Hochwasserhose war. Alles ein wenig nachlässig, ein wenig derangiert. Sein Namensschildchen auf der linken Brusttasche war schief angebracht. Esther legte den Kopf schräg, um es zu lesen, den Titel, den Vornamen, den Nachnamen, der sie an etwas Süßes – Kuchen oder Kekse – denken ließ. Er schaute sich um, ob ihn alle am Tisch verstehen konnten, es war offensichtlich, dass er die gleiche Erklärung nicht mehrfach abgeben wollte. Die Gespräche verebbten eins nach dem anderen, langsam, doch zuverlässig, wie Badewasser im Abfluss verrinnt.

Vielleicht sind Ihnen meine kurzen Schlafanfälle bereits aufgefallen, sagte Henner. Sein Blick wanderte zu Johan Mortimer und von da aus zum Spanier, den Rednern des Vormittags.

Ich möchte Ihnen versichern, dass ich nicht gelangweilt war.

Mortimer biss die Zähne zu einem breiten, unfreundlichen Lächeln zusammen, während der Spanier mit missbilligend hochgezogenen Brauen auf Henners Erklärung wartete.

Ich habe ganz einfach Narkolepsie, sagte Henner. Eine neurologische Krankheit, bisher nicht sehr gut erforscht, obwohl beileibe nicht so selten, wie man meinen sollte.

Er hatte den Kaffeelöffel in die Hand genommen und schlug damit leicht in die andere Handfläche, bevor er ihn vorsichtig zurück auf die Untertasse legte.

Wie ich schon sagte, begann er wieder und blickte die rechts von ihm sitzende Lone so unwillig an, als hätte sie ihm widersprochen, Narkolepsie ist eine neurologische Erkrankung, keine psychische, auch keine Faulheit, schlichte Übermüdung oder Ähnliches. Ich meine, ich feiere nicht jede Nacht.

Er brachte ein kleines, selbstironisches Lächeln zustande, und Esther nickte pflichtschuldig.

Hatte nicht auch Napoleon diese Krankheit?, ließ sich einer der Schweizer Professoren vernehmen. Und Lenin?

Ja, stimmte Henner eifrig zu. Man sagt sogar, dass Napoleon nur deshalb die Schlacht von Waterloo verloren habe, weil er eingeschlafen sei.

Was ja in der Tat einer kriegerischen Höchstleistung hinderlich sein kann, spottete Frank, und Esther blickte gespannt auf Henner, um zu sehen, wie er diese Bemerkung aufnehmen würde. Sie wusste, dass sie sich für Frank schämen würde, wenn Henner verletzt wäre. Sie fragte sich nicht, warum das so war.

Henner sagte: Wohl wahr.

Die Professorin, mit der er aus Berlin angereist war, hatte ihn, während er sprach, aufmunternd angeschaut. Nun konnte Esther in ihrem Gesicht einen Ausdruck gedämpften Stolzes erkennen. Henner setzte sich wieder. Ohne jemanden anzusehen, nahm er seine Tasse in die Hand und hielt sie sich an die Lippen. Langsam, wie sie verebbt waren, hoben die Gespräche wieder an.

So habe ich ihn kennengelernt, sagte die Professorin in die Runde und hielt sich an Franks Blick als dem ersten, der ihr begegnete, fest. Er ist in meinem Seminar eingeschlafen und ich habe ihn danach zur Rede gestellt. Ich wusste nichts über die Krankheit, nicht ein bisschen. Er musste mir alles darüber erzählen.

Sie lächelte seltsam verkniffen, dann besann sie sich einen Moment und deklamierte: Zwar weiß ich viel, doch möcht ich alles wissen.

Goethe, sagte Frank gelangweilt.

Ja, sagte sie. Natürlich.

Sie wirkte, als ob Frank sie zurechtgewiesen hätte.

Muss er denn Medikamente nehmen?, schaltete sich Esther in das Gespräch ein.

Sie hatte den Eindruck, etwas retten zu müssen – den Tag, die Harmonie unter den Tagungsteilnehmern. Sie witterte einen Eklat, der sich jederzeit ereignen könnte und der, da war sie ganz sicher, mit Frank zu tun haben würde.

Ja, sagte die Professorin und sah sie dankbar an. Aber die Krankheit ist nicht heilbar, sie ist bloß im Zaum zu halten, und auch das, wie Sie ja miterlebt haben, nur in bestimmten Grenzen. Es kann vorkommen – die Professorin hatte sich nun ganz Esther zugewandt und ihre Stimme vertrauensvoll gesenkt –, dass er in Momenten großer Freude oder Aufregung in eine Art Ohnmacht verfällt, seine Muskeln geben nach, *alle* Muskeln, und er ist von einer Sekunde zur anderen bewegungsunfähig. Die Verletzungsgefahr ist da natürlich groß. Stellen Sie sich vor, das passiert ihm beim Überqueren einer Straße. Oder beim Autofahren.

Frank sagte: Ich habe einmal von einem narkoleptischen Elefanten gehört. Auch nicht ungefährlich. Besonders für den Pfleger.

In Momenten großer Freude oder Erregung, sagte Frank.

Sie saßen in seinem Hotelzimmer. Er hatte sich auf das Bett gelegt und Esther hatte den Stuhl vom Schreibtisch weggerückt und sich – ihm zugewandt, aber in sicherem Abstand – hingesetzt.

Hab ich's doch gleich gewusst, dass die beiden ein Paar sind, sagte er.

*Auf*regung, korrigierte Esther ihn. Sie hat Aufregung gesagt, nicht Erregung.

Aber gemeint hat sie *Er*regung. Frank schloss die Augen. Stell dir die beiden mal im Bett vor. Wie er, mitten im Akt, zusammenklappt. Alle Muskeln erschlaffen. Alle!

Er lachte wieder.

Und sie? Was meinst du, was sie macht? Zitiert Goethe, bis er wieder erwacht? Zählt Schäfchen? Denkt über ihren nächsten sterbenslangweiligen Aufsatz zum spätmittelalterlichen Minnelied nach?

Du bist bösartig, sagte Esther und zog eine Grimasse, um nicht mitlachen zu müssen.

Ich weiß, sagte Frank und klopfte mit der flachen Hand auf das Bett. Komm und rette mich. Lass meine Bösartigkeit sich mit deiner Güte mischen, dann kommt am Ende etwas Erträgliches heraus. Das nennt man Alchimie, weißt du?

Esther sah ihn mit einer Mischung aus Ungeduld und Belustigung an.

Das nennt man Sex, sagte sie.

Sie erhob sich, ließ aber eine Hand auf der Lehne des Stuhls liegen. Hielt sich daran fest, bereit, sich sofort wieder hinzusetzen, falls Frank etwas Falsches sagen, eine falsche Bewegung machen würde. Sie lächelte ihn an. Großäugig. Scheu. Ärgerte sich. Dass man immer wieder in die gleichen Rollen verfiel, die alten Schemata benutzte.

Was ist?, fragte Frank. Überlegst du dir das weitere Vorgehen?

Er sprach leise, der Spott in seiner Stimme nichts als Zustimmung: Spiel nur, schien er zu sagen. Ich spiele mit. Sie versuchte sich daran zu erinnern, wie sie ihn wahrgenommen hatte, als sie ihn zum ersten Mal sah. Erst zwei Tage waren seitdem vergangen. Hatte sie ihn nicht verachtet? Ihn lächerlich gefunden, in seinem Bemühen, sich von den anderen abzuheben, die eigene Bildung zu präsentieren? Hatte sie nicht die dicken Gläser seiner Brille bemerkt, die ihm den Anschein gaben, einfältig zu sein, fast ein wenig begriffsstutzig? Von welchem Moment an hatte sie sich ihm unterlegen gefühlt? Wann war sie geschehen, diese Umkehrung der Positionen? Warum fühlte sie sich plötzlich so klein?

Alles in Ordnung?, fragte Frank.

Er hatte sich aufgesetzt und sah sie mit gespielter Ratlosigkeit an. Es war klar, dass er sie durchschaute. Dass er wusste, warum sie zögerte. Warum sie immer noch neben dem Stuhl stand. Warum sie ihn anstarrte, als verfügte er über einen Zauber, der sie bannen, sie in die Vergangenheit schicken konnte: in die Jugend, die Unberührtheit, die Scham des ersten Verlangens.

Nichts, sagte sie und ging auf ihn zu. Schritt für Schritt, Fuß vor Fuß. Sie dachte an die Verkäuferin, die sie im Inselladen bedient hatte. Der breite Rücken, Hüfte, Po. Alles zu weich, zu viel. Sie war linkisch wie sie. Sie fühlte, dass sie jeden Moment stürzen konnte. Er würde sich abwenden von ihr, enttäuscht von ihrer Gewöhnlichkeit. Sie wäre keinen Deut besser als die, über die er spottete. War es das, wovor sie Angst hatte: von ihm verachtet zu werden? Aber was gab ihm diese Macht, woher kam diese Möglichkeit des Leids, die plötzlich aufschimmerte, klar und Schmerz bringend wie eine der gestrandeten Quallen, denen sie ausgewichen waren? Und dann war sie bei ihm und er griff nach ihrem Arm, um sie an sich zu ziehen.

Erzähl mir noch etwas über dich, sagte sie, als sie bereits zur Tür gegangen, dann aber doch noch einmal zum Bett zurückgekommen war.

Gib mir etwas mit auf den Heimweg, wie man Kindern am Ende der Feier ein kleines Säckchen mit Süßigkeiten mitgibt.

Er drehte sich zu ihr um. Die Brille lag auf dem Nachttisch, sie fragte sich einen Moment, wie viel er überhaupt sehen konnte. Ob sie für ihn nicht aussehen musste wie jede andere Frau, vielleicht sogar wie *seine* Frau. Ob ihm das recht war, diese Beliebigkeit.

Okay, sagte er, du darfst wählen: eine Erinnerung oder einen Wesenszug?

Ich nehme den Wesenszug, sagte sie im Ton einer Kundin, die willkürlich und ein bisschen gelangweilt zwischen ausliegenden Waren wählt.

Frank setzte die Brille auf und gleich wieder ab.

Ist dir schon mal aufgefallen, sagte er, dass fast alle Menschen, wenn sie ihre negativen Eigenschaften nennen sollen, positive nennen?

Natürlich war das eine rhetorische Frage, er erwartete keine Antwort.

Perfektionistisch, ungeduldig. Zu offen, ehrgeizig oder tolerant. Zu zurückhaltend oder zu gutmütig. Höchstens mal, dass einer zugibt, aufbrausend zu sein, aber auch das wird ins Positive gekehrt, indem er gleich hinzusetzt, dass er sich schnell wieder verträgt. Von mir, seine Stimme klang übertrieben drohend, bekommst du zum Abschied eine wirklich negative Eigenschaft genannt, keine Mogelpackung.

Lass es das Richtige sein, dachte Esther. Sie hätte nicht sagen könne, was das Richtige war, aber sie würde es erkennen.

Also. Frank legte eine kleine Kunstpause ein, dann sagte er: Ich bin nicht sehr ehrlich, ja man könnte sogar sagen, ich bin einigermaßen verlogen.

Er kratzte sich am Hinterkopf und setzte nun doch die Brille auf. Esther lächelte, aber sie war bestürzt.

Heißt das, dass du immer lügst?

Sie wünschte, er hätte sich als faul bezeichnet, als eitel oder zynisch. Nur nicht als verlogen.

Nein, sagte er und streckte eine Hand nach ihr aus, aber sie betrachtete aufmerksam die Wand mit ihrem hellgelben Streifenmuster.

Natürlich nicht. Jetzt gerade war ich zum Beispiel sehr ehrlich.

Aber in Zukunft, sie biss sich kurz auf die Lippen: Sie hatten keine Zukunft miteinander. Doch sie konnte nicht zurück, ängstlich und störrisch rannte sie weiter in die eingeschlagene Richtung. In Zukunft werde ich also nie wissen, ob du mir die Wahrheit sagst oder mich anlügst?

Doch. Er schürzte beruhigend die Lippen. Ganz so schlimm ist es nicht.

Zwischen seinen Augenbrauen hatte sich eine steile Falte gebildet. Er schien überrascht über den plötzlichen Wechsel der Tonlage.

Vergiss es einfach, sagte er. Ich lüge nur manchmal.

Wann?

Na, du weißt schon.

Er seufzte, dann stand er auf und stellte sich vor sie hin.

Wenn ich mich verspäte, etwas vergessen habe, wenn ich keine Lust habe, jemanden zu treffen. Notlügen halt.

Notlügen. Wann ist man in Not?, dachte sie. Wenn man sich getäuscht hat. In sich. Im anderen. Er hatte ihre Hände in seine genommen und schaukelte sie linkisch hin und her. Sie mussten aussehen wie zwei traurige Kinder.

Ist schon in Ordnung, sagte sie und entwand ihm ihre Hände. Ich gehe mal rüber.

Sie lächelte unsicher. Die Schuhe mit den abgestoßenen Spitzen, das helle Kleid, dessen Gürtel sie nun fester zuzog, kamen ihr mit einem Mal schäbig vor, unpassend, während ihn seine Nacktheit auf seltsame Weise unangreifbar zu machen schien. Die Tür zum Badezimmer stand offen, sie konnte sich im Spiegel sehen: ihr schmales Gesicht mit der kurzen, spitzen Nase und den dunklen Augen, der kleine hoffnungslose Mund, ihr lächerlich dünner Hals, unter dem die Schultern plump wirkten, die blonden zerzausten Haare. Das bin ich, dachte sie: ein Vogel in der Mauser.

Sehen wir uns gleich zum Frühstück?, fragte er.

Sie nickte.

Wie immer.

Es war der dritte Tag der Konferenz. Auf dem Weg in ihr Zimmer rechnete sie nach: Sie liebte ihn seit beinah vierzig Stunden.

Ein Klumpen weißgrauen Materials, der vor ihnen im Sand lag, ließ die Gruppe anhalten. Einer der Berner, das angegraute Haar militärisch kurz über einem harmlosen, breiten Gesicht, stieß den Klumpen mit einem kleinen Stock an.

Relativ fest, sagte er.

Als er stärker drückte, verschwand die Spitze des Stöckchens in der graufleckigen Masse.

Wachsartig.

Seine Stimme war rau, die starke Betonung der ersten Silbe gab seinen wenigen Worten etwas Melodiöses. Lone war in die Hocke gegangen und berührte den Brocken, dann roch sie an ihren Fingern.

Riecht seltsam, stellte sie fest, und Claire rief: Wie kannst du das anfassen? Bist du verrückt?

Der Berner hatte sich erhoben und betrachtete nachdenklich den Klumpen.

Könnte Ambra sein, sagte er und blickte fragend zu seinem Kollegen.

Glaube ich nicht, entgegnete der unbeeindruckt. Nicht an der Nordseeküste.

Auch hier das Melodiöse der Aussprache, die gleichzeitige Behäbigkeit.

Was ist Ambra?, fragte Lone, und sie versuchten auf Englisch zu erklären: Erbrochenes vom Wal, ein Rohstoff in der Parfumherstellung, wertvoller als Gold. Claire kannte eine Geschichte von einem australischen Fischer, der mit einem Brocken Ambra – kleiner als der, der hier vielleicht vor ihnen lag – reich geworden war. Unermesslich reich, sagte sie. Und dass es seine Frau gewesen sei, die ihn überredet habe, den übelriechenden Klumpen mitzunehmen.

Frank sagte, aus Scheiße Gold machen, und Claire korrigierte geduldig: Ambra sei Erbrochenes, kein Kot.

Sie beschlossen, den Brocken liegen zu lassen. Wo hätten sie ihn auch hinbringen sollen? Es war der letzte Tag ihres Aufenthalts. In wenigen Stunden würden sie ihre Flüge, Zugreisen oder Autofahrten antreten und die Insel verlassen. Zudem sei Ambra heute nicht mehr viel wert, hatte der zweite Berner erklärt: Macht man inzwischen alles synthetisch.

Seine dunklen, unter schweren Lidern fast verschwindenden Augen hatten niemanden angeschaut, als wäre es ihm eine unangenehme Pflicht, die Aufregung über den Fund zu dämmen. Wie alt mochte er sein? Anfangs hatte Esther ihn auf vierzig geschätzt, nun erschien er ihr älter. Er war groß und kräftig, er war, hatte Esther gedacht, genau das, was man früher stattlich genannt hatte, während man es heute als dick bezeichnen würde. Nicht dick, korrigierte sie sich. Beleibt.

Korpulent. Er hatte etwas Vages an sich, etwas, das zu jeder seiner Eigenschaften das Gegenteil bereitzuhalten schien. Etwas Bösartiges im Gutmütigen, etwas Flüchtiges im Abgeklärten, etwas Tückisches in der behäbigen Lauterkeit. Es schien Esther ganz und gar nicht unmöglich, dass er, wenn alle anderen abgereist wären, an den Strand zurückkehren und den Brocken mit sich nehmen würde.

Sie liefen weiter, stapften mit schweren Schritten durch den Sand, während der Wind an ihren Haaren, den Kapuzen und Mützen rüttelte, als sei er wütend und durch nichts zu besänftigen. Auf Höhe des Hotels überquerten sie den Strand und stiegen die Holzstufen zu den Dünen hoch. Das blasse Gras wirkte weich wie das lange Fell eines Tieres.

Hast du gesehen, sagte Frank und deutete auf einen Mann, der inmitten des Grases flach auf dem Rücken lag. Da hat es sich einer bequem gemacht.

Der Mann trug eine Military-Jacke und eine dreiviertellange, ockerfarbene Hose. Beine, Hände und Gesicht waren braun, wie ein Chamäleon schien er sich seiner Umgebung anzupassen, um in ihr zu verschwinden. Neben seinem Kopf stand eine Flasche Wein.

Meinst du, es ist alles in Ordnung mit ihm?, fragte Esther.

Sie war stehen geblieben und beschirmte mit einer Hand ihre Augen, um besser sehen zu können.

Klar. Frank lachte. Der schläft den Schlaf des Gerechten.

Als hätte der Mann sie gehört, richtete er sich in diesem Moment auf. Er blickte sie starr und mit ausdrucksloser Miene an. Seine Wangen waren dunkel von Bartstoppeln, die Augen von einem beinahe leuchtenden Weiß. Ohne den Blick von ihnen zu lösen, wischte er sich mit einer Hand den

Sand von der Stirn, während er mit der anderen nach der Weinflasche griff. Unwillkürlich lächelte Esther. Der Mann setzte die Flasche an und trank, dann ließ er sich in das Gras zurücksinken wie in ein Krankenbett.

Lass uns weitergehen, sagte Esther.

Sie fühlte sich, als ob sie unerlaubt in ein Zimmer geschaut hätte. Als hätte sie einem Gespräch gelauscht, das nicht für sie bestimmt war und das unangenehme Wahrheiten über sie bereithielt.

Was ist?, fragte Frank, der den Blick des Mannes unverwandt erwidert hatte. Fühlst du dich ertappt?

Weiß nicht, sagte Esther. Ja. Vielleicht.

Der Holzsteg, der durch die Dünen führte, endete und machte weichem Sand Platz, der ihnen kühl in die Schuhe rann. Der Abstand zur Gruppe war nicht groß. Esther konnte Claire hören, ihre von den hohen in tiefe Tonlagen wechselnde Stimme, mit der sie auf Johan Mortimer einredete. Er hatte seine Hände hinter dem Rücken verschränkt und schien das Gespräch ebenso bereitwillig wie teilnahmslos zu ertragen. Esther hatte ihn während des Kongresses beobachtet. Seine Zurückhaltung, die er nur in den fachlichen Diskussionen aufgab, um dann umso polemischer zu argumentieren. Seine Angewohnheit, die weißen, halblangen Haare mit beiden Händen zurückzustreifen. Seine bäurische Art, sich tief über den Teller zu beugen, die vielleicht nur dazu diente, sich von allen Behelligungen abzuschirmen. Sie war inzwischen davon überzeugt, dass er über weit weniger Renommee verfügte, als er die anderen, bewusst oder unbewusst, glauben machte. Dass sie seinen Namen noch nie gehört hatte, hieß nicht viel: Ihre Kenntnisse in der Mediävistik waren, das wusste sie, weit davon entfernt, umfassend zu sein. Aber auch den anderen – Frank, Claire und Lone – war sein Name nie zuvor begegnet.

Auf der Straße, die zum Hotel führte, parkten Autos einer Hochzeitsgesellschaft. An den Antennen und Rückspiegeln waren weiße Schleifen befestigt, auf einem schwarz glänzenden Volvo prangte ein üppiges Blumengesteck in Form eines Hufeisens.

Ich weiß nicht, wie es dir geht, sagte Frank, aber mich kotzen Hochzeiten inzwischen nur noch an.

Esther schaute sich suchend nach dem Brautpaar um, doch außer zwei älteren Frauen in violetten und türkisfarbenen Crêpekleidern konnte sie niemanden sehen.

Mich nicht, sagte sie, während sie die beiden Frauen betrachtete, die sich eine Zigarette angezündet hatten und schweigend rauchten. Sie hatten etwas Altmodisches an sich, das ihrem Rauchen einen mondänen Anklang, einen verruchten Touch gab. Frank stapfte mit den Füßen auf, um seine Schuhe vom Sand zu befreien.

Vielleicht war ich einfach schon auf zu vielen, murmelte er. Also, machen wir es wie geplant?

Esther nickte. Sie fror. Wo die Arme aus der Jacke schauten, spürte sie die Kälte. Wie geplant, dachte sie. Das klang nicht romantisch. Wie geplant: Das klang, als hätten sie gemeinsam ein Vorgehen bestimmt und eine Vereinbarung getroffen, die sich nicht würde entschuldigen lassen durch Leidenschaft oder rauschhafte Hingabe. Aber war es nicht genau so? Bereits vorgestern hatten sie beschlossen, ihren Aufenthalt auf der Insel zu verlängern. Sie hatten einen Plan entworfen. Hatten sich ausgemalt, wie sie sich voneinander und von den anderen verabschiedeten. Wie sie dann – Frank in seinem Auto, Esther in einem Taxi – das Hotel verlassen und sich, nachdem Esther die Wartezeit in einem Café in der Nähe des Bahnhofs verbracht hätte, nach zwei Stunden wiedertreffen würden.

Esther hatte, kaum war der Beschluss gefasst, Jean angerufen. Dies würde, hatte sie gedacht, der schwerste Teil des gesamten Vorhabens sein. Aber dann war es erstaunlich einfach gewesen: Jean hatte ihr zugestimmt. Wenn sie schon einmal auf der Insel sei, solle sie ruhig ein paar Urlaubstage anhängen. Er würde auch gerne kommen, könne aber die Praxis nicht schließen.

Ja, sagte sie. Klar.

In ihrer Stimme schwang eine Enttäuschung mit, die sie für Momente tatsächlich verspürte.

Bist du sauer?, fragte Jean, und Esther sagte schnell: Nein, natürlich nicht.

Dann erzählte er von den Krankheitsfällen der letzten Tage: dem Krebsgeschwür eines Kaninchens, der Diabetes einer preisgekrönten Norweger Katze, der Zahnreinigung eines Terriers, die sich als schwierig herausstellte, weil die Betäubung erst nach langer Zeit anschlug.

Ich vermisse dich, sagte Esther.

Sie hatte den Eindruck, ihn nie zuvor so geliebt zu haben. Und wenn er untreu war? Wenn er froh war, dass sie länger fortblieb? Vielleicht war das der Preis, den sie bezahlen musste für diese Affäre: dass sie mit dem Vertrauen in sich auch das in ihn verlor. Was, wenn es am Ende nur Verlierer gäbe: Jean, Frank, Ara, sie selbst?

Ich dich auch, hatte Jean gesagt.

Dann hatten sie aufgelegt.

Während Esther auf das Taxi wartete, das sie, Lone, Claire und Thomas zum Bahnhof bringen sollte, konnte sie einen Blick in den vom Foyer abgehenden Gastraum werfen, in dem die Hochzeitsgesellschaft versammelt war. Inmitten der Gäste stand das Paar: der Bräutigam, ein schmaler, hochgewachsener Mann mit einem nur angedeuteten Schnurrbart, der in seinem hellgrauen Cut wie verkleidet wirkte, und die Braut, in einem weit ausladenden schulterfreien Kleid, mit langen Handschuhen, ohne Schleier, aber mit einem Diadem auf dem hellen Haar. Das ist die natürliche Chronologie, dachte Esther, aus den kleinen Prinzessinnen der Kommunion werden die großen, wild entschlossenen, die das eigene Handeln halb ironisch, halb euphorisch betrachten. Im hinteren Teil des bedrückend gewöhnlichen Raumes hatte eine dreiköpfige Combo Stellung bezogen und soeben das erste Lied, einen Schlager im Dreivierteltakt, angestimmt. Zwei Blumenmädchen, nicht älter als drei, vier Jahre, saßen auf dem Boden und leerten die restlichen Blüten vor sich aus.

O je, stöhnte Lone. Das ist nichts für mich.

Sie hatte über Esthers Schulter in den Raum geschaut.

Obwohl es schon wieder spießig ist, so etwas spießig zu finden, sagte sie und ließ ein kleines, ponyartiges Schnauben hören. Na, jeder wie er's mag. Bist du verheiratet?

Ja, sagte Esther. Seit ziemlich genau zehn Jahren.

Was war das, überlegte sie: Papierhochzeit, Federhochzeit, Blech oder irgendein anderes billiges Material? Hätte Lone sie gefragt, ob es eine gute Ehe sei, hätte sie Ja gesagt: Ja, das ist es. Das Einzige, was sie ängstigte, waren die Jahre, die vor ihr lagen. Zehn, zwanzig, vielleicht dreißig. Manchmal, wenn sie daran dachte, war es, als dächte sie an die Zeit nach ihrem Tod. Sie sah sich umfangen von schwarzer Leere, während sich die Welt turbulent und bunt in großer Ferne weiterdrehte.

Wow, machte Lone. Ich glaube, bei mir wird das nichts mehr. Ich verliebe mich immer in die Falschen: In die, die mich nicht wollen oder die so viele Probleme mit sich selbst haben, dass sie gar nicht erst auf die Idee kommen, sich zu verlieben.

Ihr Gesicht hatte den Ausdruck komischer Verzweiflung angenommen. Bevor Esther etwas entgegnen konnte, fuhr sie fort:

Im letzten Jahr war ich mit einem Psychiater zusammen, nicht *mein* Psychiater, um Himmels willen, aber komisch war es trotzdem. Bei jedem Streit hatte ich das Gefühl, dass er sich gerade insgeheim Notizen machte, so nach dem Motto: aufbrausend, unsicher, Kindheitstrauma.

Wieder dieses Schnauben, das kein Lachen war: nicht mehr oder noch nicht.

Unser letzter Streit, erzählte sie, war der heftigste. Danach war klar, dass wir etwas ändern mussten.

Sie besann sich einen Moment, dann sagte sie langsam: Pathologisch. Ich sei pathologisch, hat er behauptet. Irgendwie hatte ich darauf nur gewartet. Es war wie eine Bestätigung.

Sie zuckte die Achseln und lächelte mit herabgezogenen Mundwinkeln. Was soll's, schien das zu heißen. Was soll's.

Es kommt bestimmt noch der Richtige, sagte Esther lahm, und Lone verdrehte ihre braunen, ein wenig eng stehenden Augen und sagte: Keinen billigen Trost, bitte.

Dann kam zu Esthers Erleichterung das Taxi, das sie fortbrachte: fort vom Hotel, fort von der streng blickenden Rezeptionistin, fort von den Hochzeitsgästen, die inzwischen zu tanzen begonnen hatten, fort vom Meer.

Natürlich waren sie nicht fort vom Meer. Solange sie auf dieser Insel blieben, war das unmöglich. Aber sie bezogen ein Hotelzimmer im Inselinneren. Das Hotel stand einige Meter zurückversetzt an der Straße, die die Nord-Süd-Achse bildete. Wenn sie aus dem Fenster blickten, sahen sie nun nicht mehr das Meer, sondern Autos, die im gemächlichen Tempo über die breite Straße fuhren. Esther machte sich einen Spaß daraus, die Autos zu zählen und sie nach Farben zu ordnen: Sie zählte fünfzig Autos. Sie brauchte dazu neun Minuten und vierzig Sekunden, das hieß, pro Minute fuhren etwa fünf Autos am Hotel vorbei. Davon waren 28 schwarz, anthrazit oder so dunkelblau, dass sie wie schwarz wirkten. Neun waren rot oder orange, acht silber, vier weiß und eines hellgelb.

Kannst du dir das erklären?, fragte sie Frank, der hinter ihr auf dem Bett lag und die Hotelbroschüre durchblätterte.

Was?, fragte er, ohne aufzublicken.

Diese Vormacht der dunklen Autos.

Noch während sie sprach, wusste sie, dass sie sich falsch ausdrückte. Vormacht. Welch ein Ernst in diesem Wort lag. Das ganze Unternehmen war idiotisch, dachte sie: Mit ihm, den sie kaum kannte, in ein Hotel zu gehen. Darauf zu warten, was als Nächstes geschehen würde. Autos zu zählen, wie sie es als Kind auf langen Reisen gemacht hatte. Auf Listen hatten sie und ihr Bruder die Farben eingetragen, die Automarken, später, als ihnen die Abkürzungen etwas sagten, die Städte und Länder.

Frank faltete die Broschüre des Hotels zusammen und legte sie auf den Nachttisch.

Interessante Frage, sagte er und stand auf, um zu ihr zu kommen.

Sie wandte sich wieder dem Fenster zu, und er legte sein Kinn auf ihre Schulter und seine Hände auf ihren Bauch.

Da! Schon wieder ein dunkles.

In gespielter Aufregung zeigte er nach draußen.

Und noch eines. Und jetzt ein rotes!

Ja, ja, sagte sie. Schon gut.

Sie kam sich albern vor. Hatte den Eindruck, sich nicht rühren zu können. Wagte nicht, tief einzuatmen, solange er sie umarmte. Das Einfachste würde sein, ihn zu küssen, damit das hier ein Ende hätte. Seine linke Hand hielt eine Brust umfangen, die andere bewegte sich abwärts und fasste sie fest zwischen den Beinen. Sie hatte plötzlich Lust, ihn zu reizen. Nicht, indem sie ihn anfasste. Nicht körperlich. Aber verbal. *Ficken, reinstecken, blasen.* In Gedanken bildete sie die Sätze. *Möchtest du mich ficken? Soll ich dir einen blasen? Steck ihn rein. Fick mich, hörst du: Fick mich.* Er knöpfte ihr die Bluse auf, öffnete den Reißverschluss ihrer Hose, schob sie über die Beckenknochen. Von der Straße aus mussten sie zu sehen sein. Er zog ihr die Bluse aus, öffnete ihren BH. Sie fühlte sich schön. Unverletzbar. Einen unsinnigen Moment lang wünschte sie, dass Jean sie so sähe. Müsste er sich nicht mit ihr freuen?

Frank hatte begonnen, ihren Nacken zu küssen. Langsam schob er seine Finger unter den Gummizug ihrer Unterhose. Mit beiden Händen fasste sie nach hinten, um ihn auf diese Weise zu umarmen. Die Sonne stand jetzt so tief, dass sie die Augen schließen musste, um nicht geblendet zu werden. Sie drehte sich um und setzte sich auf die schmale Fensterbank.

Alles klar?, fragte Frank leise, während er sich zwischen ihre Beine drängte.

Vom Gang her waren die Geräusche ankommender Gäste zu hören. Schwere Schritte auf den Holzdielen, das Rollen eines Koffers, ein Klirren, als der Schlüssel ins Schloss gesteckt wurde. Esther lehnte ihren Kopf gegen die Fensterscheibe. In ihrem Rücken würden die Autos vorbeiziehen. Viele dunkle, ein paar bunte. Nur sie wusste davon, es war ihr Geheimnis, und sie teilte es mit ihm.

Ja, sagte sie. Alles klar.

Franks Auto war ein hochrädriger Geländewagen mit breitem Kühlergrill und flaschengrün getönten Seitenscheiben. Schon als er damit zum Café gekommen war, um sie abzuholen, hatte sie sich gewundert. Ich dachte, du lebst in der Stadt, hatte sie gesagt. Ja, und?, hatte er entgegnet.

Er hielt das Lenkrad mit der linken Hand und legte die andere auf ihr Knie. Die Landschaft war fahl, als hätte ihr der ständig wütende Wind alle Farben entzogen. Wenn man aus den Seitenfenstern schaute, legte sich eine grüne Tönung über die blasse Wirklichkeit.

Wo fahren wir hin?, fragte Esther.

Weiß auch nicht, sagte Frank.

Er deutete mit einem Kopfnicken auf die Karte, die auf dem Armaturenbrett lag.

Such dir was aus.

Sie fuhren an das südliche Ende der Insel, aßen Fisch mit öligen Bratkartoffeln in einem Hafenrestaurant, in dem außer ihnen zwei Familien mit Kleinkindern und einige Rentner saßen. Dann machten sie einen Spaziergang auf der Strandpromenade. Das Wetter war aufgeklart, die Sonne brach durch die Wolken, und wenn sie auch kaum Wärme gab, nahm sie der Szenerie doch das Trostlose. Eine Gruppe von Behinderten hatte drei Strandkörbe belegt, zu zweit saßen sie unter den gestreiften Markisen, andere hockten mit schaukelnden Oberkörpern im Sand. Ein schwarzhaariger Junge mit teigigem Gesicht winkte, dann steckte er einen Finger in die Nase und sah Esther unverwandt an.

Die Hauptstadt der Insel war hässlich. Graue Hochhäuser aus den siebziger Jahren standen neben trutzigen Backsteinhäusern, die mit Reetdächern, weißen Sprossenfenstern und Holzzäunen Authentizität vortäuschten. Womöglich aber, dachte Esther, steckte auch ein ehrliches Gefühl dahinter: eine vage Sehnsucht, nicht unähnlich dem Heimweh. Die Einkaufsstraße, die aussah wie alle Einkaufsstraßen – graue Betonplatten, Kübel mit robusten Pflanzen, die gleichen Geschäfte und Ladenketten wie überall –, führte zum Strand, der nur gegen Bezahlung einer Kurtaxe betreten werden durfte. Sie setzten sich in ein Straßencafé, wickelten sich in die orangefarbenen Decken, die auf jedem Stuhl bereitlagen, bestellten Grog und sahen den wenigen Passanten hinterher, die mit Tüten und Taschen beladen durch die Straße eilten.

Lass uns Noten verteilen, sagte Frank und drehte seinen Stuhl so, dass er und Esther nebeneinander saßen.

Er wartete ihre Antwort nicht ab, sondern sagte mit hochgezogenen Brauen: Zwei minus.

Die Frau, die er meinte, trug einen braunen Mantel, sie war schmal wie ein langbeiniges Tier, kurzes, blondes Haar umrahmte ein herzförmiges Gesicht mit einer randlosen Brille.

Fünf, sagte Frank und sah einem Mann hinterher, der seinen Bauch vor sich hertrug wie eine Schwangere.

Vielleicht sogar eine schwache Fünf.

Bevor er eine weitere Benotung vornehmen konnte, sagte Esther: Ich fand übrigens deinen Vortrag spannend.

Es war verwunderlich, dass sie bisher noch kein Wort über die Referate verloren hatten. Sie hatten über die anderen Referenten gesprochen, das Hotel und das Essen gelobt. Sie hatten von ihren Ehen gesprochen und überlegt, ob sie die Einzigen waren, die das Thema der Tagung *(Eros – Usus und Abweichung)* wörtlich genommen hatten. Sie hatten in ihrer Fantasie den Spanier mit Lone, einen der Berner mit Claire verkuppelt, sie hatten Henner dem anderen Berner zugesprochen und seine Professorin mit Johan Mortimer getröstet. Sie hatten darüber gesprochen, warum sie keine Kinder hatten und sich vorerst auch keine wünschten – Frank hatte einen Schauspieler zitiert, der auf die Frage, warum er kein Haustier habe, geantwortet hatte: Die wollen fressen, und man muss ja selbst schauen, wo man bleibt. Er hatte diese Antwort genau richtig gefunden, auch wenn sie als Scherz gemeint war. Aber so sei es, so sei *er*, gestand er: zu egoistisch. Und sie, er hatte Esther prüfend angesehen, vielleicht auch? Ja, hatte Esther gesagt, mag sein. Sie hatten einander ihre Vorlieben gestanden und einige ihrer Fantasien, sie hatten ein paar Erlebnisse geschildert, bei denen unklar blieb, wie viel davon wirklich passiert war, sie hatten sogar ein politisches Gespräch geführt und schnell wieder abgebrochen. Aber sie hatten mit keinem Wort die Inhalte der Tagung erwähnt.

Aha, sagte Frank.

Er wandte nur langsam den Blick von der Straße ab und Esther zu, als überlegte er, ob er auch gegen ihr offensichtliches Desinteresse sein Spiel fortsetzen sollte. Dann wiederholte er: Aha, und setzte hinzu: Und was war daran spannend?

Na ja. Esther zögerte. Was war sein Thema gewesen? Sie konnte sich nicht erinnern. Es war verblüffend, dass sie, obwohl sie bereits seit einiger Zeit wusste, dass die Mediävistik sie langweilte, ja, dass sie ihr etwas Verschrobenes, Blaustrümpfiges verlieh, immer noch das Gleiche wie seit Jahren tat. Dass sie, obwohl sie weder Interesse noch Freude an ihrem Fach hatte, weiterhin an der Universität blieb. Vielleicht lag es daran, dass es nichts gab, was sie mit einiger Dringlichkeit in eine andere Richtung dirigiert hätte – keine Begabung, keine ausgeprägten Interessen. Dann fiel es ihr ein: Das Problem der Willensfreiheit in den mittelalterlichen Liebesepen.

Ich finde –. Sie biss sich auf die Unterlippe und legte sich ihre Worte zurecht. Ich finde, dass du das ethische Dilemma gut beschrieben hast: Dass da einerseits der vorchristliche Schicksalsbegriff durch Gott abgelöst worden ist – er ist ja der Lenker der Menschen, man könnte sagen, der alleinige Demiurg ihrer Welt und Wirklichkeit, nicht wahr? – und dass sich andererseits manche Dinge dann eben nicht erklären lassen. Wie die Liebe, die über zwei Menschen hereinbricht und die gegen ethische, ja christliche Normen verstößt, und gleichzeitig, weil sie ja von ganzem Herzen kommt – sie hatte die letzten Worte so stark betont, dass man sie ironisch verstehen konnte –, eben doch nicht teuflisch sein kann.

Die Sache begann ihr Spaß zu machen.

Ich meine, wenn es die Willensfreiheit des Einzelnen nicht gibt, und davon müssen wir ja beim mittelalterlichen Weltbild ausgehen, muss eben etwas anderes die Liebe und den Regelverstoß bewirken. Der Minnetrank, zum Beispiel, oder ein Zauber.

Frank hatte ihren Ausführungen aufmerksam zugehört, jetzt beugte er sich in seinem Korbstuhl nach vorne.

So einfach ist das nicht, sagte er. Immerhin gab's ja auch im Mittelalter schon Indeterministen. Wilhelm von Ockhams zum Beispiel vertrat die Anschauung, dass der Wille die Freiheit gegenüber Gott markiere.

Aber das Dilemma bestand doch, beharrte Esther. Ich meine jetzt ja nicht die unterschiedlichen wissenschaftlichen Positionen.

Theologischen Positionen, korrigierte Frank sie.

Dann eben theologische.

Was hatte sie sagen wollen? Sie warf einen Blick auf ihre Uhr, Viertel nach drei, ihr Kopf war erstaunlich schwer, sie fuhr sich mit einer Hand in den Nacken. Frank hatte die Fingerspitzen zusammengeführt und sah sie über das spitze Dach seiner Hände hinweg mit freundlicher Herablassung an.

Aber trotzdem, sagte sie tapfer. Zur moralischen Entlastung der Liebenden wird ein Zaubermittel in die Handlung eingeführt. Das hast du doch selbst gesagt.

Hatte er doch. Oder? Sie war sich plötzlich nicht mehr sicher.

Frank nickte bedächtig. Seine dunklen, unruhigen Augen zwinkerten einige Male. Hinter den dicken Gläsern blickten sie Esther forschend an.

Das wäre was, nicht wahr? Wenn's das heute auch noch gäbe, so einen Minnetrank.

Er stieß ein hustenartiges Lachen aus und nahm einen Schluck von seinem Grog.

Wobei, fuhr er fort, Alkohol ist ja auch so was in der Art. Der einzige Unterschied ist, dass man den wissentlich trinkt: eine Entscheidung trifft man, so oder so, daran führt in unserer Zeit kein Weg vorbei. Du wirst also, er gab seiner Stimme nun einen Klang, als versuchte er, einem störrischen Kind etwas Offensichtliches zu erklären, die Verantwortung für das, was du tust, selbst tragen müssen. Kein Schicksal in Sicht, kein *Demiurg*, kein Zaubertrank!

Ich hatte es nicht auf mich bezogen, sagte Esther.

Es war erstaunlich, wie rasch Frank alles, was sie sagte, gegen sie wenden konnte: Wie ein Taschenspieler, der aus dem Nichts eine Münze hinter ihrem Ohr hervorzauberte.

Oh ja, sagte Frank gedehnt, das weiß ich. Du redest einfach so daher, im luftleeren Raum, nicht wahr? Die Welt ein Vakuum!

Er lehnte sich feixend in seinem Stuhl zurück. Tatsächlich machte er den Eindruck, als ob ihm dieser Verlauf des Gesprächs behagte.

Aber so funktioniert das nicht. Oder sagen wir es anders: So bringt das nichts. Es ist doch so, er stützte die Ellbogen auf den Tisch und öffnete die Hände zu einer fast priesterlichen Geste. Egal, ob man über Literatur, Religion, Philosophie oder was auch immer spricht: Wenn es nicht auf das Leben anwendbar, an der Existenz überprüfbar ist, ist es unerheblich. Bullshit. Verstehst du?

Es ging aber gerade um das Mittelalter, wandte Esther ein.

Ist doch scheißegal, sagte Frank heftig. Die Idee, um die es geht, ist ja auch heute noch relevant. Oder etwa nicht? Schau doch dich selbst an. Glaubst du vielleicht, dass irgendetwas, irgendein Umstand – Einsamkeit, Verwirrung, Überdruss, was auch immer – dein Verhalten entschuldigen kann? Dass Jean, er sprach den Namen übertrieben französisch aus, sich das anhören wird und dann sagt: Voilà, das verstehe ich natürlich, dir war langweilig?

Hör auf, sagte Esther.

Ich erzähl dir mal was, fuhr Frank unbeirrt fort. Du bist ganz alleine dafür verantwortlich, was du tust. Niemand anders, klar? Nicht ich, nicht Jean, kein Gott und sicherlich kein obskures Schicksal, das mich zu dir geschickt hat. Wenn überhaupt, hat uns der Zufall zusammengeführt. Denn man kann es schon zufällig nennen, dass ich an der Tagung teilgenommen habe.

Er machte eine Pause, in der er sich eine Zigarette anzündete.

Esther sagte: Von mir aus können wir jetzt gehen.

Ich bin nämlich nur deshalb zur Tagung gekommen, ignorierte Frank ihren Einwand, weil ich für einen Kollegen eingesprungen bin. Und der hat nicht gekonnt, weil er auf eine Beerdigung musste. Von einem Freund, der beim Wandern in eine Gletscherspalte gestürzt ist. Zufälliger geht's kaum, würde ich sagen.

Er nahm das Glas in die Hand und legte den Kopf in den Nacken, um den letzten Schluck zu trinken.

So kam ich also hierher. Trotzdem hätte natürlich nichts passieren müssen zwischen dir und mir. Unvermeidlich war das nicht. Ich meine, wir waren ja nicht so überwältigt, dass wir uns nicht mehr unter Kontrolle hatten.

Während er sprach, hatte er Esther nicht aus den Augen gelassen. Er war, dachte sie, wie ein Forscher vorgegangen, der die Wirkung seines Handelns beobachten wollte. Aber dieser Hang zur Grausamkeit war nicht das Bestürzende.

Das wirklich Erschreckende war, wie schmal der Grat war, auf dem er mit seinen Belehrungen, seiner Verachtung, seiner Arroganz balancierte. Wie nah die Gefahr lag, ins Lächerliche abzurutschen, peinlich zu sein.

Ja, dann, sagte Esther.

Sie gab sich Mühe, amüsiert zu klingen. Sie würde ihm nicht widersprechen, nur um zu erreichen, dass auch er einlenkte. *Doch, wir waren überwältigt.* Sie würde dieser Eitelkeit nicht nachgeben. Sie winkte dem Kellner und bezahlte die Getränke.

Dann sah sie Frank aufmunternd an: Lass uns ins Hotel gehen.

Auf der Landstraße stauten sich die Autos in entgegengesetzter Richtung. Im Vorbeifahren betrachtete Frank die Autokolonne.

Glück gehabt, murmelte er.

Er sah zu Esther hinüber, ein knappes Lächeln zog nur einen Mundwinkel nach oben. Dann stellte er das Radio an, die Stimme eines Moderators war zu hören. Er suchte weiter, ein schneller, monotoner Rhythmus erklang, seine Finger trommelten kurz den Takt aufs Lenkrad.

Esther sah aus dem Fenster auf einen Campingplatz zwischen den Dünen. Vier weiße Wohnwagen standen in gerader Reihe, auf zweien waren kleine Satellitenschüsseln installiert. Vor einem der Wohnwagen konnte sie einen Mann erkennen, der eine grüne Plane ausbreitete. Zwischen zwei Bäumen erschien plötzlich mit großen, schwerelosen Schritten ein Jogger, der fast sofort wieder ihrem Blickfeld entschwand. Was, wenn sie sich zu Frank hinüberbeugen, ihren Kopf auf seinen Schoß legen, den Reißverschluss seiner Jeans öffnen würde? Sie stellte sich sein Gesicht vor, die Überra-

schung, die sich in Erregung wandeln würde, sein verblüfftes
Schweigen.

Sex mit ihm zu haben war einfach. Schwierig war nur alles andere.

Mit vier Jahren habe er einen Sprachfehler gehabt: er habe
gestottert. Aber nicht nur ein bisschen, sagte Frank.

Sie hatten die Vorhänge zugezogen, so dass das Zimmer
in mattes Gelb getaucht schien.

Ich konnte kaum ein Wort ohne Stottern sagen, darum
habe ich immer weniger gesprochen, erklärte er.

Jedes Wort ein unüberwindbares Hindernis in seinem
Kopf. Eine Mauer. Ein Graben. Ein Labyrinth, das er nicht zu
betreten wagte. Seine Eltern redeten laut mit ihm, formten
die Silben überdeutlich mit den Lippen nach, und bald tat er
so, als verstünde er sie nicht, zuckte die Achseln, folgte ihnen
zwar aufs Sofa, um Bilderbücher anzuschauen, ignorierte
aber standhaft die an seinem Ohr erklingenden Worte für das
Dargestellte. Dann brachten sie ihn zu einem Therapeuten.
Der hatte seine Praxis in einem Reihenhaus am Stadtrand.
Die Zimmer waren mit bunten Tüchern dekoriert, die über
Lampen, Stühlen und an den Wänden hingen. Auf einem
niedrigen Couchtisch lagen neben Zeitungen und einem
überquellenden Aschenbecher drei große Würfel, die statt
Zahlen Buchstaben anzeigten. Vier Kinder knieten um den
Tisch herum und würfelten, als Frank in das Zimmer kam.
Zu jedem Buchstaben, der erschien, mussten sie ein Wort
nennen. Der kahlköpfige Mann, der rauchend neben den
Kindern saß und ihre stockend vorgebrachten Wörter mit
übertriebener Begeisterung kommentierte, winkte Frank zu
sich heran und zog ihn, ohne ihn den anderen Kindern vor-

zustellen, auf den Boden. Bei der nächsten Runde würfelte Frank bereits mit. Nach einigen Runden konnte er ein erstes Wort ohne Stottern aussprechen.

Was für eines?, fragte Esther, und Frank sagte: Weiß nicht mehr.

Er ging drei Monate in die Therapie. Er spielte mit den Würfeln. Malte Gegenstände, die er benannte und in Sätze einbaute. Er erzählte von seinen Wochenenderlebnissen und freundete sich mit einem der anderen Kinder an, einem italienischen Jungen, der Claudio hieß und zusätzlich zum Stottern lispelte. Am Ende der Therapie war das Stottern verschwunden und tauchte nur gelegentlich wieder auf, wenn Frank aufgeregt oder in Eile war. Ein Gast, den man nicht fürchtet, aber auch nicht zum Bleiben auffordert, hatte der Therapeut gesagt. Frank rief sich das in Erinnerung, sobald er sich in einem Wort verhakte: Einer, der bald wieder geht.

Jetzt ein Erlebnis aus *deiner* Kindheit, sagte er.

Mit einem Finger beschrieb er Kreise auf Esthers Rücken, dann verharrte er einen kurzen Moment am Ende des Steißbeins und fuhr im Slalom entlang der Wirbelsäule nach oben.

Später, sagte sie und gähnte.

Na, komm schon.

Er biss ihr leicht in den Hals und Esther sagte: Okay, warte, lass mich überlegen.

Was gab es zu erzählen aus ihrer Kindheit? Von den Jahren, die glücklich waren, bis auf das eine, in dem sich ihre Eltern trennten. Glücklich, dachte sie, oder was man so nennt. Denn natürlich war sie oft verzweifelt gewesen, dazu reichte ein einziges Erlebnis: eine schlechte Note, ein Junge, der sie nicht beachtete, eine Querele unter den Freundinnen. Aber im Nachhinein erschienen ihr diese Jahre glücklich, wenn sie auch manchmal den Eindruck hatte, sie habe sich mit schlafwandlerischer Taubheit durch Kindheit und Jugend bewegt, nahezu unberührt und ohne Spuren davonzutragen.

Wir spielten mit Freunden immer auf einer brachliegenden Wiese, begann sie.

Wie alt warst du?, unterbrach sie Frank, und sie sagte: Neun oder zehn, irgendwas um den Dreh.

Die Wiese war eines der letzten unbebauten Grundstücke zwischen den Häusern gewesen. Inzwischen stand dort ebenfalls ein Haus, eine jener neobarocken Vorstadtvillen, sagte Esther, die aussehen wie aus einem Bausatz für Angeber.

Auf der Wiese gab es eine Weide, außerdem einen Mirabellen- und einen Pflaumenbaum. Die Früchte betrachteten sie als ihr Eigentum. Sie waren eine feste Clique von sechs Kindern: zwei Schwestern, die ältere groß und dunkel, die jüngere mit milchweißer Haut und hellem Haar, das ihr in einem Seitenscheitel ins Gesicht fiel. Ein älteres Mädchen, das Simon statt Simone genannt werden wollte und sich später, das hatte Esther von ihrer Mutter gehört, tatsächlich als transsexuell herausstellte. Außerdem eineiige Zwillingsbrüder, dünn wie Heuschrecken, aber mit weichen, stupsnasigen Gesichtern. Und sie.

Ich weiß nicht mehr genau, was der Anlass war, sagte Esther.

Sie wandte sich zu Frank um. Kannst du mir eine Zigarette anzünden?

Sie zog zweimal an der Zigarette, dann sagte sie: Irgendwie kam es zu einem Streit zwischen den Schwestern.

Das war nichts Besonderes: So selten eine der Schwestern ohne die andere anzutreffen war, so selten vertrugen sie sich. Immer wieder gerieten sie in Streit – schrien sich an, zankten und beleidigten einander, bis die kleinere, jähzornigere irgendwann ihren schmächtigen Körper gegen den der größeren rammte. Manchmal gelang es ihr, sie in einem solchen Wutanfall zu Boden zu werfen, sich auf sie zu setzen und ihre Arme mit den Knien zu fixieren.

So war's auch diesmal, sagte Esther. Nur, dass sie diesmal ein Messer hatte.

Wenn sie ihren Arm ausstreckte, konnte sie den Schatten auf der Wand sehen. Wie spät mochte es sein? Sieben, halb acht? Sie würde Jean später anrufen, wenn Frank unter der Dusche stand.

Woher denn das?, fragte Frank.

Tja.

Esther zögerte, von weit her war ein dumpfer Laut zu hören – ein Schuss oder ein Donner –, dann sagte sie: Von mir.

Autsch, sagte Frank leise an ihrem Ohr.

Sie hatten das Messer zum Schnitzen dabei, ein kleines Küchenmesser, der Griff aus buntem Plastik, aber mit glatter, scharfer Klinge. Sie hatten Holzstücke aufgelesen und an ihnen herumgeschnitzt. Dann hatten sie Zweige von der Weide abgebrochen und die Rinde weggeschnitten, um Pfeil und Bogen daraus zu machen. Lange Pfeile, so spitz, dass sie im Boden stecken blieben. Elastische, helle Bögen, eine straffe Kordel zwischen beiden Enden.

Wie Robin Hood, sagte Frank.

Genau, sagte Esther.

Mit einer Hand zog sie die Decke hoch und breitete sie über sich und ihn.

Ich habe nie darüber gesprochen, weißt du.

Aber das stimmte nicht. Direkt im Anschluss an das Ereignis hatte sie darüber gesprochen. Sie hatte versucht zu erklären, wie es zu dem Streit gekommen war. Sie hatte auch *ihre* Rolle in dem Streit nicht verschwiegen. Ja, hatte sie gesagt, ich habe ihr das Messer gegeben. Warum? Weil sie es gewollt hat. Aber hast du dir denn nichts dabei gedacht? Nein. Sie musste damals nah am Weinen gewesen sein, nicht aus Reue, eher aus einer diffusen Wut. Nein, hatte sie gesagt, ich habe mir nichts dabei gedacht, nichts Böses zumindest.

Frank fragte vorsichtig: So schlimm?

Eigentlich nicht, sagte Esther, es ist ja kaum was passiert. Die Kleine hat ihrer Schwester das Messer an den Hals gehalten, wir haben daneben gestanden. Ich glaube, wir haben sogar gelacht.

Das hatte sie vergessen, aber jetzt sah sie es deutlich vor sich.

Ja, wiederholte sie verwundert, wir haben tatsächlich gelacht.

Und dann?

Sie konnte spüren, dass er gespannt war, wie die Geschichte ausging. Kurz überlegte sie, ob sie eine andere, dramatischere Version erfinden sollte.

Sie hat sie verletzt, sagte sie, aber nicht sehr. Am Ende war die Größere doch stärker, sie schob das Messer von ihrem Hals weg, es gab einen Schnitt in der Wange. Als sie schrie, sprang die Kleinere auf, und das war's dann.

Von dem, was danach kam, erzählte Esther nichts. Von den Gesprächen, dem Unverständnis ihrer Eltern. Und wenn dir jemand sagt, spring von der Brücke, machst du das dann auch? Sie hatte über die Frage nachgedacht, hatte sie nicht als ironisch erkannt. Kommt drauf an, hatte sie gesagt. Worauf? Wer es sagt.

Aber hatte es sich tatsächlich so zugetragen? War sie wirklich so leichtgläubig gewesen? Oder hatte sie nicht vielmehr aus Neugierde gehandelt? Hatte das Messer aufgehoben und übergeben, weil sie wissen wollte, was geschehen würde. Hatte die Gefahr erkannt – und sie in Kauf genommen. Und was bedeutete das, wenn es sich so verhielt: dass sie böse war, von Grund auf schlecht?

Glück gehabt, sagte Frank.

Ja, sagte Esther, vielleicht.

Sie sah auf die Uhr.

Ich habe Hunger. Gehst du zuerst duschen oder ich?

Ich, sagte Frank und setzte sich auf.

Bevor sie eine der Nachttischlampen anschaltete und sich das Telefon auf den Schoß zog, schloss sie die Tür zum Badezimmer. Bereits nach dem ersten Klingeln nahm Jean ab.

Hast du direkt neben dem Telefon gesessen?, fragte sie statt einer Begrüßung, und Jean sagte, nein, das nicht, aber er sei im Moment, in dem es klingelte, am Telefon vorbeigelaufen.

Wohin?

Was wohin?

Wohin bist du gelaufen?

In den Keller.

Sie konnte seiner Stimme anhören, dass er belustigt war. Sie hätte ihn gerne gefragt: Um was zu tun?, wagte es aber nicht.

Wein holen, sagte Jean, als habe er ihre Gedanken erraten, und Esther sagte leichthin: Ach, du hast Besuch?

Nein. Aber Durst.

Er lachte leise.

Lass uns noch mal neu anfangen.

Er räusperte sich und sagte, bon soir, und sie wiederholte übertrieben artig: Bon soir.

Während er von den Ereignissen des Tages erzählte, betrachtete sie das Informationsblatt, das sie vom Nachttisch genommen hatte. Die Nummer der Rezeption stand in großen Ziffern darauf, außerdem die Notfallnummern: Polizei, Krankenwagen, Feuerwehr. Die rechte Seite des gummierten Blattes wurde fast ausschließlich von Werbung eingenommen: Anzeigen für einen Blumenladen, einen Kürschner, ein Fischgeschäft und ein Reisebüro. Eine Notiz am Ende des Blattes bat um Ruhe beim nächtlichen Heimkommen. *Im Interesse aller Besucher des Hotels danken wir Ihnen für Ihre Rücksichtnahme.*

Er hat nach dir gefragt und lässt dich grüßen.

Wer?

Na, Martin.

Jean klang ungeduldig.

Hörst du noch zu – oder sollen wir besser später telefonieren?

Nein, sagte Esther. Also ja. Ich höre zu. Ich war gerade nur abgelenkt.

Sie winkte Frank zu, der aus dem Badezimmer kam, ein Handtuch um die Hüften, die Brille beschlagen vom Wasserdampf.

Grüß ihn auch, sagte Esther. Sie wartete, ob Jean noch etwas sagen würde, dann erklärte sie: Hier passiert nicht so viel.

Was machst du den ganzen Tag?, fragte Jean, und Esther sagte: So dies und das.

Frank hatte das Handtuch auf den Sessel geworfen und

kramte in seinem Koffer nach Unterwäsche. Sein Rücken war schmal und mit kleinen und größeren Leberflecken gesprenkelt wie ein Wachtelei. Er drehte sich zu ihr um, lächelte und zog die Augenbrauen fragend hoch. Sie schüttelte den Kopf und wich seinem Blick aus. Aus den Augenwinkeln sah sie, wie er sich anzog.

Nämlich?

Ach.

Sie hob die Achseln und verharrte so einen Moment, bevor sie sie ausatmend wieder sinken ließ. Frank war inzwischen fertig angezogen, er setzte sich in den Sessel und blätterte in der Zeitschrift, die sie am Nachmittag an einem Kiosk gekauft hatte. Sie wünschte sich, dass er aufstehen und das Zimmer verlassen würde. Natürlich blieb er sitzen.

Ich schaue mich hier ein bisschen um, sagte sie, lese viel, esse gut.

Sie stand auf, trat, das Telefon in der einen, den Hörer in der anderen Hand, ans Fenster und schob mit dem Ellbogen den Vorhang zur Seite. Draußen war es inzwischen dunkel geworden, im Fenster sah sie ihr eigenes Gesicht.

Wäre schön, wenn du hier wärst, sagte sie leise, und Jean sagte: Finde ich auch. Dann sagte er etwas auf Französisch, das sie nur zur Hälfte verstand. Etwas über Philip, den Papagei. Dass er sich beschwert habe über ihre Abwesenheit, dass er wütend sei oder traurig. Aus Protest wolle er nicht mehr fliegen, behauptete Jean. Dabei war er noch nie geflogen. Dass er überhaupt bei ihnen lebte, war diesem Umstand zu verdanken: Er war Jean von einem Züchter geschenkt worden, als sich herausstellte, dass ein Flügel missgestaltet war. Er solle ihn beruhigen, sagte Esther. Sie sei morgen Abend wieder da. Dann legten sie auf.

Ich möchte das nicht mehr, sagte sie, das Telefon noch immer in der Hand, den Blick weiterhin aufs Fenster gerichtet, hinter dem sie jetzt die Straße erkennen konnte, erhellt von den Scheinwerferkegeln der wenigen Autos.

Was?, fragte Frank.

Diese schizophrene Situation, sagte Esther.

Sie stellte das Telefon auf den Nachttisch und sah ihn schuldbewusst an.

Dass wir immer dabei sind, wenn der andere telefoniert.

Ich dachte, du stehst drauf, sagte Frank.

Nein. Sie schüttelte bekräftigend den Kopf. *Du* stehst darauf, nicht ich.

Sie bestellten Antipasti und aßen dazu dunkles, ofenwarmes Brot, von dem sie nicht die Finger lassen konnten, gefolgt von Fisch auf einem Bett aus Reis, einer Käseauswahl und hellgelber Zitronentarte unter einer Kruste aus Eischnee. Sie tranken Wein und sahen sich beim Anstoßen in die Augen, damit ihnen nichts Schlimmes zustoße.

Eine Henkersmahlzeit, sagte Frank.

Er umfasste Esthers Hand und presste sie zu einer Faust zusammen, die er gleich wieder öffnete, indem er seinen Daumen zwischen ihre Finger schob.

Du wirst mich vermissen.

Er klang selbstbewusst, gleichzeitig lächelte er, so dass unklar blieb, ob es ihm ernst war.

Gut möglich, sagte Esther langsam.

Sie würde nicht verwirrt sein. Würde nicht gegen Kommoden und Türen laufen, nicht die Zigarette falsch herum in den Mund stecken, nicht Fragen überhören und in Tagträumen versinken. Aber es war nicht auszuschließen, dass sie an ihn denken würde. Die Erinnerung an ihn würde zu einer Insel in ihrem Alltag werden, auf die sie sich manchmal – kurz vorm Einschlafen, zwischen zwei Terminen, während einer Zugfahrt – zurückziehen könnte und die langsam, aber unaufhaltsam versinken würde.

Das Restaurant war, als sie zum Essen gekommen waren, beinahe voll besetzt gewesen, jetzt begann es sich zu leeren, die Hälfte der Tische war bereits verlassen, abgeräumt und in ihren ursprünglichen Zustand zurückversetzt worden, rasch und leise, als wollten die Kellner alles Geschehene auslöschen. Seit einiger Zeit sah einer der Kellner, ein mädchenhaft kleiner Mann mit rosiger, wie geschrubbt glänzender Haut, immer wieder zu ihnen hinüber.

Sollen wir gehen?, fragte Frank, und Esther schüttelte rasch den Kopf: Noch fünf Minuten.

Sie hätte nicht sagen können, worauf sie hoffte. Welche Enthüllungen sie all den zufälligen hinzufügen, welche Versprechen sie abgeben oder hören wollte. Die Vorstellung, etwas Wichtiges unwiderruflich versäumt zu haben, erschreckte sie.

Erzähl mir etwas von deiner Familie, bat sie. Leben deine Eltern noch?

Frank sah sie einen Augenblick überrascht an, dann fuhr er sich übers Kinn, verschränkte die Arme vor der Brust und sagte: Meine Eltern haben sich vor einigen Jahren scheiden lassen. Meine Mutter ist nach Genua gezogen, mein Vater ist vor – er hielt inne, rechnete nach –, vor drei Jahren gestorben. Alzheimer.

Er zuckte die Achseln und sagte knapp: War kein Spaß, das kann ich dir versichern.

Das Glas in der Hand betrachtete er sie, als unterzöge er

sie einer Prüfung, bei der sich entscheiden würde, ob er weiterspräche oder nicht.

Anfangs, fuhr er fort, hat er nur kleine Dinge vergessen, Geburtstage, Feiertage, Namen, Buchtitel und so weiter. Kleinigkeiten ... Aber das ist der Topf auf dem Herd auch, nicht wahr? Oder das offene Fenster, die offene Haustür. Was ich verwunderlich fand – Frank stellte das Glas ab und kratzte sich über der linken Augenbraue –, war, wie schnell der Alltag, ich meine, das ganz gewöhnliche, unspektakuläre Leben, zusammenbrechen kann. Was für kleine Versäumnisse dazu reichen. Einmal besuchte ich ihn nachmittags, und als ich die Tür öffnete, sah ich bereits im Flur die Überschwemmung. Er hatte Wasser in die Badewanne einlaufen lassen und es dann vergessen. Ein anderes Mal hat er dem Briefträger nicht öffnen wollen, weil er ihn für einen Einbrecher hielt. Und hast du schon mal eine Pizza aus dem Ofen geholt, nachdem sie zwei Stunden darin war?

Frank lachte leise, aber er sah nicht glücklich aus dabei.

Kleinigkeiten, wiederholte er. Am Ende hat er mich nicht mehr erkannt, zumindest nicht als seinen Sohn. Junger Mann, hat er mich immer genannt. Es war seltsam, vom eigenen Vater plötzlich wie ein Fremder behandelt zu werden. Er war höflicher, hatte weniger Ansprüche. Aber ich hätte ihn nicht mehr umarmen können oder so. Das hätte er wohl als unpassend empfunden.

Frank trommelte mit den Fingern einen kurzen Galopp auf den Tisch, dann sagte er: Manchmal habe ich gedacht, dass er mich bestrafen wollte: dafür, dass ich ihn in ein Pflegeheim steckte, dafür, dass ich ihn vielleicht nicht oft genug besuchte. Aber inzwischen bin ich überzeugt, dass das nicht der Fall war. Und weißt du auch, warum?

Er hatte sich über den Tisch gelehnt, und sie näherte ihr Gesicht dem seinen. Seine Lippen waren zusammengepresst, aber immer noch schön.

Sag es mir, flüsterte sie.

Weil er …, Frank stützte sein Kinn in die Hand und stieß ein Prusten aus. Nun, weil er dafür ganz einfach nicht raffiniert genug war. Oder anders gesagt: Er war dumm. Ein richtiger Idiot.

Er sah Esther so erwartungsvoll an, als hätte er ihr soeben eine Überraschung präsentiert. In gewisser Weise stimmte das.

Mir ist schon früh aufgefallen, sagte Frank und tippte mit einem Finger nervös gegen den Rand des Aschenbechers, dass er nicht so wahnsinnig helle war. Ich meine, man glaubt als Sohn ja gerne an die überragende Intelligenz des Vaters, schon aus Eitelkeit, aber in diesem Fall war das leider irgendwann nicht mehr möglich. Ich weiß noch, wie ich das erste Mal dachte, dass er beschränkt sei. Im Denken, im Wissen, in seiner Fähigkeit zu abstrahieren, all das. Ich war sechzehn oder siebzehn, und ich habe mich ihm überlegen gefühlt. Ja, man könnte sagen, ich habe ihn verachtet. Ein komisches Gefühl.

Er lehnte sich zurück und streifte sie mit einem trotzigen Blick.

Wie ein Sieg, sagte er, bei dem man ahnt, dass er teuer erkauft ist.

Er holte eine Zigarette aus dem Päckchen, zündete sie an und warf das Feuerzeug barsch auf den Tisch. Es stieß gegen eine Tasse, der Kellner blickte fragend herüber und wandte sich sofort wieder ab.

Womöglich *zu* teuer, sagte Frank.

Und deine Schwester?, fragte Esther.

Sie musste sich anstrengen, um ihre Stimme normal klingen zu lassen. Sie war verblüfft über sein Geständnis. Es schien ihr auf seltsame Weise unecht, einstudiert wie ein Theatermonolog – die Rolle des wütenden Sohnes. Aber das alleine war nicht schlimm. Was sie erschreckte, was ihre Stimme heiser vor Ablehnung machte, war, dass er soeben – beiläufig, beinahe zufällig – sein wahres Wesen offenbart hatte: eine Grausamkeit, die sich hinter der Kulisse kultivierter Gelassenheit verbarg und sich überraschend Bahn gebrochen hatte.

Ganz unerwartet kam das nicht. Wenn Esther ehrlich war, musste sie sich eingestehen, dass sie diese Grausamkeit schon vorher bei ihm bemerkt hatte. Vielleicht nicht Grausamkeit, korrigierte sie sich. Vielleicht eher eine moralische Gleichgültigkeit, die sie ebenso verwirrte wie erregte.

Warte, hatte er gesagt. Bleib hier, während ich mit ihr telefoniere. Er hatte auf dem Rücken gelegen, beide Kissen unter dem Kopf, das Telefon mit der altmodischen schwarzen Drehscheibe auf der Brust. Sie hatte das Handtuch auf den Sessel geworfen und sich, nass wie sie war, auf ihn gesetzt. Und jetzt? – Sie würde gerne glauben, dass sie sich gesträubt hatte, aber das stimmte nicht. Zumindest hatte sie sich nicht lange gesträubt. Sie hatte sich vor und zurück gewiegt, und er hatte die Telefonnummer gewählt, musste zweimal neu beginnen. Hallo, Ara. Sie wandte den Blick nicht von ihm ab, während sie sich auf die Knie hob und seinen Schwanz an die richtige Stelle führte wie ein blindes Tier an den Napf, er schloss die Augen, sie ließ sich sinken, er sprach vom Wetter, erfand einen Besuch im Inselmuseum, beschrieb die Kieferknochen des Buckelwals, die sie im Garten eines Restaurants besichtigt hatten. Er sagte, gut, gut, er sagte, ja, klar, sie konnte sehen, wie er die Sprechmuschel mit einer Hand verdeckte, während er zuhörte, wie er versuchte, ruhig zu atmen, sie bewegte sich schneller, er wiederholte, ist doch klar, seine Stimme wie gehetzt, Ara musste etwas merken, er sagte, na dann, und, bis morgen, und legte schnell auf. Feigling, sagte sie. Er schob das Telefon vom Bett, sie hörte, wie ein Stück des Plastiks absplitterte, mit einer einzigen Bewegung rollte er sich auf sie, ohne dass sie sich voneinander lösten. Ihr Kopf stieß gegen den Bettrand. Als sie sein Gesicht sah, lachte sie, und auch er lachte kurz und zog sie an sich. Nichts Schlimmes war geschehen, es würde keine Strafe geben, keine Sühne und Vergeltung. Niemand wusste, wo sie waren und was sie taten. Sie waren mächtig und glücklich und skrupellos wie Götter.

Meine Schwester?, fragte Frank. Die ist verheiratet mit einem Maler, sie selbst ist Lehrerin. Wir haben nicht viel miteinander zu tun. Aber sie ist ganz nett.

Nett, dachte Esther. Das war gar nichts. Das war sogar weniger als nichts. Ein Minusbetrag an Eigenschaften. Würde er sie auch so beschreiben? Sie stellte sich vor, wie sie ihn fragen würde: Wirst du mich auch einmal so beschreiben? Und er. Würde er antworten: Ich werde dich nie irgendwem beschreiben, verstehst du das nicht? Versprich mir, wollte sie gerne sagen, versprich mir –. Aber was? Sich an sie zu erinnern – sich *anders* an sie zu erinnern? Oder sie ein für alle Mal zu vergessen wie die letzten Momente vor einem Schock?

Und du?, fragte Frank. Hast du Geschwister?

Es war offensichtlich, dass er nicht aus Interesse fragte, sondern weil das die logische Fortsetzung ihres Gespräches war.

Einzelkind, log sie.

Und dann entschloss sie sich zu gähnen, legte die Hand vor den geöffneten Mund, musste, indem sie es vorgab, tatsächlich gähnen und winkte mit der anderen Hand dem Kellner, der mit einem Nicken auf sie zugeeilt kam.

Es war merklich abgekühlt. Der Geruch des nahen Meeres lag in der Luft: an feuchten Sand erinnernd, an Salz und muffige Algen. Es hatte geregnet, sie umrundeten die Pfützen, die sich auf dem Parkplatz gebildet hatten und in denen sich die Lichterketten, die vielleicht schon für Weihnachten in den Bäumen hingen, spiegelten. Außer ihrem Jeep stand nur ein Kleinwagen auf dem Platz. Am Holzzaun, der den schmalen Vorgarten umlief, lehnten zwei Fahrräder.

Im Wagen drehte Esther die Heizung auf und suchte im Radio nach Musik. Das Restaurant lag am nördlichsten Ende der Insel, in der Spitze des Stiefels, wie dieser Teil seiner Form wegen genannt wurde. Sie hatten eine längere Fahrt vor sich, die Straße war eine spärlich beleuchtete Rinne zwischen dunklen Hügeln. Sie hatte ein Lied gefunden, dessen Melodie ihr gefiel. Den Text verstand sie kaum, nur Satzteile, Wörter: Tom Paine, do me harm, shouting at this lovely girl.

Hast du schon gepackt?

Esther schüttelte den Kopf: Noch nicht.

Ihr Zug ging erst gegen Mittag, sie würde morgens noch genug Zeit haben.

Frank fuhr gemächlich, die Finger seiner linken Hand hielten das Lenkrad, während seine rechte Hand in ihrem Nacken lag und sie flüchtig kraulte.

Kannst du überhaupt fahren?, fragte sie. Du hast doch auch Wein getrunken.

Sie versuchte sich zu erinnern, wie viel sie getrunken hatten. Eine halbe Flasche Weißwein zur Vorspeise, eine Flasche Rotwein zur Hauptspeise, keinen Dessertwein, keinen Aperitif. Ging das? Oder war das bereits zu viel?

Sicher, sagte Frank. Undeutlich nuschelte er: Ich bin sehr, sehr nüchtern.

Er schwenkte auf die Mittellinie der Straße, legte beide Hände ans Lenkrad und ließ den Wagen sachte schlenkern.

Schon gut, sagte Esther. Ich glaube dir.

Erst ein einziges Auto war ihnen entgegengekommen. Menschen waren keine zu sehen. Sogar der Mond verbarg sich kurzzeitig hinter einer Wolke und ließ nichts als körnige Dunkelheit zurück. Dann tauchte er plötzlich wieder auf, gebogen wie eine Sense, das Meer wurde sichtbar, ein Stück vom Strand, heller als die mit Heidekraut bewachsenen Hügel. Im Dorf, durch das sie fuhren, gab es einen Minigolfplatz, eine Bäckerei, einen Supermarkt, ein Möbelgeschäft, zwei Restaurants und ein Hotel. In der Mitte des Kreisels lag ein riesenhafter schwarzer Anker.

Esther sah zu Frank hinüber und versuchte, ihn so wahrzunehmen, als sähe sie ihn zum ersten Mal. War er wirklich so großartig, wie sie dachte? Seine stumpfe, etwas zu breite Nase. Das winzige Doppelkinn, wenn er, wie jetzt, den Kopf leicht gesenkt hielt. Die hohe Stirn, halb verdeckt von den Locken. Sie fragte sich, ob er sich selbst die Haare schnitt. Es würde zu ihm passen, sich mit einer Schere in der Hand vor den Spiegel zu stellen und die Haare büschelweise abzuschneiden, sie von seinem Kopf rieseln zu lassen wie Nadeln von einer verdorrten Tanne. Sie konnte sich das vorstellen. Aber sie würde es nie sehen. Würde ihn nie beobachten, wenn er sich unbeobachtet glaubte. Würde es nie selbstverständlich finden, dass sie bei ihm war oder er bei ihr. Es war ihr letzter Abend.

In den winzigen Pausen zwischen den Liedern konnte sie seinen Atem hören, manchmal pfiff er zu einem Lied oder summte mit. Als ein Schlager kam, stellte er das Radio ab.

Wusstest du, fragte er, dass Julio Iglesias früher Fußballer war?

Sie antwortete nicht. Starrte geradeaus.

Bei Real Madrid, erklärte Frank. Torwart. Außerdem hat er noch Jura studiert. Allerdings ohne Abschluss, glaube ich.

Er warf ihr einen Seitenblick zu und endlich schien er etwas zu bemerken.

So einen Kram behalte ich einfach, sagte er entschuldigend. Die Menge an Naturschwämmen, die jährlich hergestellt wird. Dass Konrad Adenauer eine Sojawurst erfand und sie patentieren ließ. Wie Tick, Trick und Track auf Dänisch heißen.

Nämlich?

Sie fragte es unwirsch, aber sie war ihm schon nicht mehr böse.

Rip, Rap und Rup, sagte er.

Sie lachten leise.

Und warum eine Sojawurst?, fragte Esther, und Frank sagte: Also, wie das kam, weiß ich auch nicht.

Seit sie aufgebrochen waren, war von Zeit zu Zeit in der Ferne ein Donner zu hören gewesen, dann noch einer, bereits näher. Jetzt schien sich das Gewitterzentrum genau über ihren Köpfen zu befinden. Esther konnte sehen, wie grelle Blitze den Himmel spalteten, und im nächsten Augenblick brach auch schon der Regen hervor, ein dichter Wasserschleier bedeckte in Sekundenschnelle die Windschutzscheibe, als seien sie unbemerkt ins Meer geraten. Frank fuhr sehr langsam, die Scheibenwischer schossen von rechts nach links, von links nach rechts, er beugte sich vor, um besser sehen zu können.

Hoppla, sagte er.

Es klang verwundert und ein wenig so, als sei der Regen ein ungebärdiges Tier, das es zu beruhigen gelte.

Sollten wir nicht lieber anhalten?, fragte Esther.

Sie kniff die Augen zusammen, um besser sehen zu können. Wie eine Kamera konnte man die Perspektive wechseln – konnte alles, was hinter dem Regen lag, ausblenden und befand sich auf einmal inmitten eines flimmernden Raums ohne Konturen und Grenzen. Als ihnen auf der Gegenfahrbahn plötzlich ein Auto entgegenkam, machte Frank einen Schlenker nach rechts.

Und dann?, fragte er, während er konzentriert auf die Straße schaute.

Wir könnten warten, bis der Regen aufhört, sagte Esther, doch Frank schüttelte den Kopf, ohne sie anzuschauen.

Ist ja kaum was los, sagte er, und freundlicher setzte er hinzu: Das schaffen wir schon.

Tatsächlich ließ der Regen bald nach. Zwar war er immer noch gewaltig, doch im Vergleich zur vorhergegangenen Sintflut schien er kaum stärker als ein normaler Schauer. Sie passierten den Hauptort der Insel. Die große Kirche aus Backstein ragte schwarz in den nächtlichen Himmel. Vor einer Tankstelle stand eine Gruppe Jugendlicher, die rauchend und mit Bierdosen in den Händen den Autos hinterherschauten. Die Ampeln waren bereits ausgeschaltet und blinkten orange. Ein weißer Kastenwagen fuhr auf die Abbiegespur und preschte im letzten Moment vor, um sie zu überholen.

Arschloch, murmelte Frank.

Er wies nach rechts, wo am Ende einer weiten flachen Ebene eine Reihe roter Lichter zu sehen war.

Dort hinten ist der Flughafen, erklärte er.

Seitdem die Insel als Ferienort entdeckt worden sei, verfüge sie über einen Flughafen und einen Autoreisezug. Früher, vor gar nicht langer Zeit, sei man nur mit dem Schiff hierher gekommen. Mittags in die eine, am frühen Abend in die andere Richtung verkehrte ein einziger riesiger Dampfer zwischen dem Festland und der Insel. Wer ihn verpasste, musste bis zum nächsten Tag warten.

Was auch okay war, sagte Frank.

Woher weißt du das denn alles?, fragte Esther verwundert.

Sie hatte gedacht, dass auch er zum ersten Mal auf der Insel sei. Zumindest hatte sie keinen Grund gehabt, etwas anderes anzunehmen.

Ich war schon mal hier, sagte Frank ausdruckslos und schaltete in einen höheren Gang. Die Straße beschrieb eine Kurve, dahinter waren die Lichter des Hauptorts nicht mehr zu erkennen.

Wirklich?, fragte Esther.

Warum hatte er nichts davon erzählt? Sie war erschrocken, als wäre sie auf eine Lüge gestoßen: als wären diese letzten Tage nichts als ein Schwindel gewesen, dessen leichtgläubiges Opfer sie selbst war.

Ist schon lange her, erklärte Frank.

Er warf ihr einen schnellen Seitenblick zu.

Sechs, sieben Jahre bestimmt.

Er zog eine kleine Grimasse, die schuldbewusst sein sollte, die aber gleichzeitig etwas anderes verriet: Ungeduld, eine überraschende Nachricht zu verkünden. Stolz auf eine kleine Sensation.

Ich war hier mit einer anderen Frau, weißt du.

Deiner Frau?, fragte Esther.

Sie bemühte sich, einen neckenden Tonfall anzuschlagen, aber sie spürte, wie schwach ihre Stimme klingen musste.

Nein.

Frank schnalzte zweimal mit der Zunge.

Eben nicht.

Er fuhr sich mit einer Hand über das Kinn; er hatte sich seit zwei Tagen nicht rasiert, kratzige, dunkle Bartstoppeln bedeckten Kinn und Wangen.

Sie war meine, na ja, meine Geliebte, wenigstens für kurze Zeit. Eigentlich eine Freundin meiner Frau, eine Arbeitskollegin. Wir sind uns auf einer Party vorgestellt worden. Ich meine, das war zwar nicht Liebe auf den ersten Blick.

Er zuckte mit den Achseln.

Aber zumindest wussten wir sofort, was wir voneinander wollten.

Er sah Esther an, lächelte und legte ihr eine Hand auf das Bein.

War sie schön?, fragte Esther.

Sie hatte sich vorgenommen, nicht danach zu fragen. Zu spät.

Ja, sagte Frank, sehr.

Seine Stimme klang versonnen, als setzte er in diesem Moment das Bild der Frau vor seinem geistigen Augen zusammen. Beine, Brust, Gesicht. Natürlich alles schöner als bei mir, dachte Esther.

Sie war wirklich eine tolle Frau, betonte Frank. Obwohl sie ein Jahr älter war als ich, hatte sie so was Mädchenhaftes an sich. Wobei ich manchmal denke, sie tat vielleicht nur so. Um mir zu gefallen, verstehst du?

Er sah Esther fragend an, und sie nickte ein paarmal. Konnte es sein, dass Frank vergessen hatte, wer sie war? Dass er sie versehentlich für einen Freund hielt, mit dem er zwanglos über andere Frauen sprechen konnte?

Du warst wohl sehr verliebt?, kam sie ihm entgegen.

Weiß nicht. Er biss sich kurz auf die Unterlippe, als denke er nach. Zeitweise wohl schon, gab er zu.

Zwischen den Dünen tauchte ein großes Schild auf, das den Weg zu einer Strandbar wies. Ein Mann mit einem kleinen weißen Hund lief auf dem durch einen Rasenstreifen von der Fahrbahn getrennten Fußgängerweg. Er hatte die Kapuze seines gelben Regenmantels über den Kopf gezogen. Der Hund hielt sich am Rand des Weges im Schutz der überhängenden Büsche.

Dann ist das hier, sagte Esther sehr sanft, also so was wie deine Fick-Insel, ja? Und diesmal war eben ich die Auserwählte.

Sie hauchte ans Seitenfenster. Dann rieb sie eine kleine Stelle frei und starrte angestrengt hindurch.

Das ist toll, sagte sie. Das ist wirklich toll.

Sie wandte sich vom Fenster ab, hinter dem es ohnehin kaum etwas zu sehen gab, und schaute ihn herausfordernd an. Er sah verkniffen auf die Fahrbahn, beschleunigte und schaltete trotzig einen Gang höher.

Herrje, sagte er unwirsch, dann frag halt nicht.

Dann frag halt nicht, äffte sie ihn nach. Sehr kluge Antwort.

Sie schnaubte abfällig und holte tief Luft, um zum nächsten Angriff überzugehen. Ihr Herz klopfte heftig, sie hatte das Gefühl, jeden Augenblick weinen zu können. Nicht so sehr, weil sie traurig war. Von Trauer, das musste sie sich eingestehen, spürte sie im Moment nichts. Nur dass sie wütend war, merkte sie. Aber später würde sie traurig sein, das wusste sie. Und ihn würde es verwirren, wenn sie weinte – jeden Mann verwirrte das. Mal schauen, ob das noch nötig wird, dachte sie.

Lass mich nur nachvollziehen, wie das ging, begann sie wieder. Bist du mit der festen Absicht hergekommen, dir was zum Ficken zu suchen? Oder hat sich das nur so ergeben? War ich einfach die Erstbeste, die bereit dazu war? Hast du es womöglich vorher schon bei anderen versucht – bei Claire vielleicht oder bei Lone?

Ja, sagte Frank. Klar doch.

Er schaute kurz zu ihr rüber, dann sagte er voller Verachtung: Du warst tatsächlich die allerletzte Möglichkeit.

Natürlich hatte sie ihm diesen Brocken hingeworfen. Aber sie hatte nicht erwartet, dass er ihn aufnehmen und zurückschleudern würde. Trotzig bereit, alles zu zerstören, nur um zu siegen. Sowenig sie ihre Frage ernst gemeint hatte, sowenig glaubte er an das, was er sagte, das war offensichtlich. Es war verwunderlich, dass es trotzdem schmerzte. Und einen wahren Kern hatte die Sache ja vielleicht: Hatte er nicht früher schon gesagt, dass es kein Schicksal war, das sie zusammengeführt hatte, sondern Zufall? Hieß das nicht, dass sie ihm nichts bedeutete?

Er hatte das Radio wieder angestellt. Ein Lied lief. Musik, die nur aus Basstönen zu bestehen schien.

Kannst du das leiser stellen?, fragte Esther.

Sie war jetzt wirklich den Tränen nahe, sie sagte: Ginge das vielleicht, ja?

Er zog die Augenbrauen hoch und sah sie nicht an. Beide Hände am Lenkrad hatte er sich entschlossen, sie zu ignorieren. Sie drehte die Lautstärke runter und suchte nach einem anderen Sender. Ein Meteorologe, der von zu erwartenden Unwetterschäden sprach, ein plattdeutsches Hörspiel, dann wieder Musik, Schubert oder Schumann, etwas, das mit seinen Geigen und Klavierläufen wie ein Fremdkörper in diesem Wagen schien.

Ich hätte es einfach gerne gewusst, sagte sie leise.

Sie musste fast entschuldigend klingen, darum setzte sie hinzu: Wäre doch wohl normal gewesen, mir zu sagen, dass du schon mal hier warst.

Verzeihung, sagte Frank in affektiertem Tonfall. Ich habe nicht gewusst, dass ich dir Rechenschaft schuldig bin.

Er schüttelte den Kopf, als ob er sich über sie wunderte. Eine ganz und gar unmögliche Geste, fand Esther. Sie hätte Lust gehabt, sich eine Zigarette anzuzünden, aber am Handschuhfach hatte sie bereits bei der ersten Fahrt ein Nichtraucherschild bemerkt: eine Zigarette in einer Art Verkehrsschild, rot umrahmt und durchgestrichen, darunter die Worte: *Don't drive and smoke.* Als ob das Zeichen alleine nicht jedem verständlich gewesen wäre. Nie würde sie so etwas irgendwohin kleben. Aufkleber waren das denkbar Dümmste. Schon einen zu kaufen war peinlich. Wo bekam man diesen Mist überhaupt? Im Supermarkt? In Tankstellen? Sie und Jean spotteten immer über die Botschaften auf den Autos. Am schlimmsten waren die Baby-an-Bord-Hinweise – wen um Himmels willen sollte das interessieren? –, nur noch übertroffen von den christlichen Aufklebern mit ihren Fischen und Kreuzen und den dazugehörigen Sprüchen, die die ganze Religion zu einem einzigen erbärmlichen Witz machten. *Nicht hupen – Fahrer träumt von Jesus. Auf Achse für Gott.*

Toller Aufkleber, sagte Esther. Sie war bereit zu lachen. Wenn er darauf einstiege, könnten sie sich gemeinsam ein bisschen lustig machen über ihn.

Ist nicht von mir, erwiderte Frank kühl.

Von Ara?, fragte Esther.

Sie hatte ihrer Stimme einen freundlichen Klang gegeben, als kennte sie Ara. Als sei sie mit ihr befreundet und ihre Anwesenheit in Franks Wagen kein Verstoß gegen diese Freundschaft. Ara. Was war das überhaupt für ein Name?

Ja, sagte Frank, stell dir vor.

Er hatte einen neuen Sender eingestellt und die Musik lauter gedreht, so dass sie fast schreien mussten, um sich zu unterhalten.

Heißt deine Frau eigentlich wirklich Ara? Ich meine, ist das eine Abkürzung oder so was?

Nein, sagte Frank. Sie heißt so.

Er beantwortete zwar ihre Frage, aber er schaute sie immer noch nicht an. Im Moment sah es nicht so aus, als ob sie sich heute Nacht noch versöhnen würden.

Ist das nicht eine Papageienart?, fragte Esther. Sie schürzte die Lippen und schnarrte: Arrra, Arrra, Arrra.

Frank warf ihr einen kurzen bösen Blick zu und sagte scharf: Lass Ara aus dem Spiel, okay?

And baby I know that I did my share, sang irgendjemand. Sie hatten ein weiteres Dorf hinter sich gelassen. Frank hatte sich genau an die Tempolimits gehalten, der Regen war wieder stärker geworden, von Zeit zu Zeit war ein Donnern zu hören, wie das Grollen eines gutmütigen, aber nachtragenden Riesen. Die Straße schlängelte sich zwischen Feldern und Wiesen hindurch, bevor die baumlose Fläche in einiger Entfernung von einem Wald abgelöst wurde.

Nur damit ich dich richtig verstehe, sagte Esther langsam. Meinst du die Ara, die du ständig betrügst?

Die Provokation lag nicht so sehr in der Frage selbst als vielmehr im Tonfall, in dem Esther sie gestellt hatte: sehr lieb, sehr gemein. Vielleicht, dachte sie, war sie damit einen Schritt zu weit gegangen. Er hatte schon vorher die Stirn gerunzelt, aber jetzt wurde sein Gesicht ganz verkniffen vor Wut.

Es reicht, verdammt noch mal!, schrie er.

Zornig schlug er gegen ihre Hand, mit der sie die Lüftung hatte aufdrehen wollen. Sie stieß gegen das Armaturenbrett, ein kurzer, scharfer Stich durchfuhr ihren Handrücken und setzte sich fort in den Unterarm.

Das sind die Fakten, würde sie am nächsten Morgen sagen: Du hast mich geschlagen.

Nein, würde er widersprechen, ich habe dich gestoßen. Wie eine Tiermutter ihr Junges aus der Gefahrenzone herausschubst, habe er sie wegscheuchen wollen.

Aus *deiner* Gefahrenzone?

Ja. Ich dachte, dass du mich anfassen wolltest, und mir war nicht danach.

Sie hatten inzwischen den Wald erreicht, dicht standen die Bäume und ließen nur einen schmalen Streifen Himmel frei, der gegen das Schwarz der Tannen plötzlich kobaltblau wirkte. Die Nässe, die Dunkelheit – einen Moment lang fühlte Esther sich, als würden sie in einen Brunnen fallen. Er hat mich geschlagen, dachte sie, er hat mich wirklich geschlagen. Sie boxte gegen Franks Schulter. Er griff nach ihrem Handgelenk, um sie von sich fernzuhalten, und sie versuchte, ihm ihren Arm zu entwinden. Mit der freien Hand schlug sie nach ihm, und er duckte sich und hob die rechte Schulter, um sein Gesicht vor ihren Angriffen zu schützen. Der Wagen schlingerte nach links, dann nach rechts, sie mussten von der Straße abgekommen und auf unebenen Grund geraten sein, etwas prallte gegen den Kotflügel, ein Klirren, als würden zwei Metallstücke gegeneinanderschlagen, aber das konnte auch Teil der Musik sein. Dann hatte Frank das Auto wieder unter Kontrolle und sie fanden zurück auf die Fahrbahn.

Okay, okay, rief er, hör auf!

Er hatte ihre Hand losgelassen und starrte unwillig auf die Straße. Das Licht der Scheinwerfer reichte nur wenige Meter weit, dann wurde es vom Regen verschluckt. Esther ließ die Hände sinken. Ihre Wut war abgeflaut und hatte Verwunderung zurückgelassen: über ihn, vor allem aber über sich selbst.

Du hast echt ein Problem, stellte sie fest.

Sie sagte es ohne Vorwurf. Es klang, als ob sie ihm ein Geheimnis verrate.

Du auch, entgegnete Frank barsch. Dann setzte er versöhnlich hinzu: Tut mir leid.

Im Seitenspiegel war nichts als Dunkelheit.

Was war das vorhin?, fragte Esther. So ein Schlag, ergänzte sie, als er sie verständnislos ansah. War da ein Tier? Meinst du, wir haben ein Tier angefahren? Kann das sein?

Allein die Vorstellung versetzte sie in Panik. Sie sah einen Hasen vor sich, einen Fuchs oder einen Waschbär – gab es hier Waschbären? Sie stellte sich vor, wie der breite Bug des Jeeps das Tier erfasste und meterweit durch die Luft schleuderte. Wie es jetzt im Wald oder auf der Straße lag. Leidend oder bereits tot.

Vor einigen Wochen hatte sie einen Vogel überfahren. Unter ihren Füßen hatte sie einen Stoß gespürt, sie bremste und hielt im Rückspiegel Ausschau nach dem Vogel, aber sie konnte ihn nicht entdecken. Es war ein dunkler, schmaler Vogel gewesen, eine Schwalbe oder ein Mauersegler. Sie hatte ihn in tiefem Flug ihr Auto ansteuern sehen. Hatte gesehen, wie er, lebensmüde und anmutig, in den Tod stürzte. Bei der nächsten Möglichkeit wendete sie und fuhr zurück. Als sie an die Stelle kam, an der sie den Vogel überfahren hatte, fuhr sie langsam und spähte, ob sie ihn irgendwo liegen sähe.

Und was hättest du gemacht, wenn das der Fall gewesen wäre?, hatte Jean gefragt, als sie ihm am Abend davon erzählte. Ich hätte ihn mitgenommen, sagte sie, zu dir, du hättest ihn heilen müssen. Er zog eine kleine Grimasse, die ihm kurz etwas Fremdes gab, und sagte: Dein Vertrauen in meine Heilkunst ehrt mich. Aber so ein Kampf zwischen Vogel und Auto bringt in aller Regel ziemlich eindeutige Ergebnisse. Er zuckte mit den Schultern und sah sie mit nicht ganz ehrlichem Bedauern an. Dann stand er auf und ging ans Fenster. Immerhin wissen wir jetzt, dass es morgen wahrscheinlich Regen gibt. Weil die Vögel niedrig fliegen, setzte er erklärend hinzu. Sie erinnerte sich, dass sie das damals beruhigt hatte – der Sinn, der in diesem Tod lag. Dass etwas so Archaisches wie der tierische Instinkt mit der Zivilisation kollidierte, ja, kollidieren *musste*. Niemandes Schuld, bloß ein unglückliches Zusammentreffen: Sie, die zu dieser Zeit, auf dieser Straße nach Hause fuhr, und der Vogel, der sich, wovon auch immer getrieben, entschloss, in genau diesem Moment von einer Straßenseite zur anderen zu fliegen, und der zu tief flog, um das unbeschadet zu überstehen.

Lass uns umkehren, sagte sie und verschränkte ihre Hände ineinander, um die Finger mit einem leisen Knacken umzubiegen. Nur kurz schauen, ob da wirklich nichts war.

Sie hatte geschwankt, ob sie bitten oder fordern sollte, jetzt entschied sie sich, dass es am aussichtsreichsten sein würde, sanft zu drängen: Komm schon, nur ganz schnell. Bitte, fügte sie hinzu, und Frank verzog den Mund, so dass er breit und schmal wurde wie der eines Reptils.

Da war nichts, protestierte er halbherzig, während er bereits abbremste. Er fuhr das Auto an den Straßenrand, sah in den Rückspiegel, schlug das Lenkrad so weit wie möglich nach links ein und wendete.

Langsamer!, rief Esther, als sie gut hundert Meter gefahren waren.

Immer noch regnete es, auf der Windschutzscheibe sammelte sich das Wasser zu kleinen Placken und Rinnsalen, die in regelmäßigen Abständen von den Scheibenwischern weggeschoben wurden. Ein Mofa kam ihnen mit knatterndem Motor entgegen, einen blassgelben Lichtkegel vor sich hertreibend. Der Fahrer trug ein Regencape, das ihm das Aussehen eines Kreuzritters gab.

Kannst du etwas sehen?, fragte Frank.

Er hatte sich vorgebeugt und spähte über das Lenkrad hinweg, während sie langsam weiterfuhren.

Schalt mal das Fernlicht an, entgegnete Esther statt einer Antwort und kurbelte das Fenster runter. Straße und Wald trennte eine etwa einen Meter breite Böschung. Zwischen Unkraut und Gräsern lag Abfall, schemenhaft erkannte Esther die Stämme der Bäume, darüber die wippenden Äste, dunkel von Nadeln. Sie konnte hören, wie Frank tief einatmete. Im Ausatmen sagte er: Da ist nichts.

Du musst auf *deiner* Seite schauen, sagte sie ungeduldig. Wenn wir ein Tier überfahren haben, liegt es ja wahrscheinlich eher dort und nicht hier.

Sie machte eine wegwerfende Armbewegung zu ihrer Tür hin, dann begann sie, das Fenster wieder hochzukurbeln.

Ich *habe* geschaut, beharrte Frank, und ich habe nichts gesehen als Bäume und Gräser.

Er fuhr an den Straßenrand und schaltete in den Leerlauf.

Könnten wir jetzt bitte zum Hotel fahren, sagte er, ich bin müde und außerdem – er legte Esther eine Hand auf ihr Bein und streichelte sie wie zum Trost – hätten wir doch Besseres zu tun, als uns nach verunglückten Tieren umzuschauen, oder?

Er verzog einen Mundwinkel zu einem schrägen Lächeln und hob vielsagend die Augenbrauen.

Das Erbärmliche war, dachte Esther, dass er das wahrscheinlich wirklich für erotisch hielt: dieses Tätscheln und Grinsen, die Anspielung, die ein Versprechen enthielt, das sie im Moment eher als Drohung wahrnahm. Bei Licht betrachtet würde sich womöglich die ganze Affäre als ein Fehler erweisen, an den sie sich in Zukunft weniger mit einem Gefühl von Erregung als von Peinlichkeit erinnern würde.

Ich weiß nicht, wie es dir geht, sagte sie, aber ich bumse nicht so gern, wenn ich gerade ein Tier umgebracht habe.

Sie blickte weiter aus ihrem Fenster, das Grün der Scheiben machte die Nacht noch dunkler und ließ die Tannen schwarz wie Petroleum aussehen. Sie konnte hören, wie Frank ein hustendes Lachen von sich gab und einen Gang einlegte.

Also gut, sagte er. Noch fünfzig Meter.

Zu ihrer Überraschung hatte er einen versöhnlichen Ton angeschlagen, fast, als zollte er ihrer Schlagfertigkeit Respekt. Vielleicht war es ihm auch einfach mit seiner Absicht ernst und er wollte sich nicht von einem Streit die letzte gemeinsame Nacht verderben lassen.

Er stoppte den Wagen und sah Esther abwartend an.

Und jetzt?

Noch ein Stück, sagte sie, ich glaube, wir müssen noch etwas weiter fahren, und dann kehren wir wieder um und ich laufe ein paar Meter die Böschung ab, okay?

Frank schüttelte den Kopf. Weiter weg war das nicht, wir sind wahrscheinlich schon viel zu weit gefahren.

Die Straße vor ihnen sah genauso aus wie die Straße hinter ihnen. Zu beiden Seiten zeichnete sich in der Ferne ein helleres Rund ab wie die zwei Öffnungen eines Tunnels. Vielleicht hatte er recht. Vielleicht waren sie wirklich schon an der Stelle vorbeigekommen, die sie suchten.

Meinetwegen, willigte Esther ein. Dann steige ich halt hier aus und du fährst nebenher.

Du wirst nass bis auf die Haut, gab Frank zu bedenken, doch als sie nicht antwortete, wendete er den Wagen und ließ sie aussteigen.

Zunächst fuhr er neben ihr her, ein schwerfälliges schwarzes Ungetüm mit silbernen Fensterumrahmungen und einer Antenne, die jetzt mit leisem Surren in der Motorhaube verschwand. Esther hielt den Blick auf die Böschung gerichtet, die nach einem gras- und unkrautbestandenen Streifen in dichten Wald überging. Nur was sich direkt am Straßenrand befand, war zu erkennen: Weißköpfige kleine Blumen, hochschießendes Unkraut, leere Flaschen, eine helle Plastiktüte. Esther blieb stehen, bündelte die nassen Haare zu einem Pferdeschwanz, aus dem sie das Wasser presste. Dann gab sie Frank ein Zeichen, und er zuckte mit den Achseln und ließ die Seitenscheibe hinunter.

Was ist?, rief er.

Du musst hinter mir fahren, sagte sie, nicht neben mir. Sonst sehe ich nicht genug.

Sie wartete nicht, ob er etwas entgegnen würde, sondern wandte den Blick schon wieder ab. Im Unterholz hörte sie ein Knacken, es klang, als hätte ein Tier die Flucht ergriffen. Frank ließ sie einige Meter vorausgehen, dann fuhr er langsam an und richtete das Fernlicht auf sie, so dass die Böschung von Schatten schraffiert war und das Grün der Wiese, das Braun der Baumstämme, die hellen Sprenkel der Abfälle deutlicher hervortraten. Sie ging weiter, fünf Minuten, vielleicht zehn. Wenn sie den Blick hob, schien das Ende des Waldes immer gleich weit entfernt zu sein. Als wäre sie in einen Traum geraten, in dem sie lief und lief und dabei nur auf der Stelle trat.

Nichts, sagte sie, als sie wieder ins Auto kletterte. Kein Waschbär, kein Vogel, keine Katze.

Sie lachte leise und strich sich die nassen Haare zurück.

Keine Zwerge, keine Wichtel, keine Elfen, nur ein paar Flaschen.

Dann bist du also endlich beruhigt?, fragte Frank.

Er hatte den Motor abgestellt, nun lehnte er sich zu ihr

hinüber, zog den Ärmel seines Pullovers unter der Jacke hervor und wischte ihr damit das Wasser vom Gesicht. Sie nickte. Tatsächlich fühlte sie sich so erleichtert, als wäre sie einer Bedrohung entkommen. Als hätte sie eine Gefahr heraufbeschworen, die nicht nur diesen Abend betraf, nicht nur ihre Beziehung zu Frank – welcher Natur auch immer diese Beziehung war –, sondern ihr ganzes Leben. Und als wäre sie verschont geblieben, entgegen aller Wahrscheinlichkeit. Es hatte etwas Märchenhaftes an sich.

Der Regen ließ nach, sie fuhren los und Frank sah von Zeit zu Zeit zu ihr herüber. Sie wich seinem Blick nicht aus, sie blinzelte ihm zu und er lächelte. Es war, als wunderten sie sich beide ein wenig über die vergangenen Ereignisse und als freuten sie sich auf das, was vor ihnen lag: auf die restlichen Stunden der bereits weit fortgeschrittenen Nacht. Auf den Morgen. Auf all die Tage, die jedem von ihnen blieben.